成长·时光书系

岭上一号

LING SHANG YIHAO

强雯 著

Qiang Wen

山西出版传媒集团　北岳文艺出版社

·太原·

图书在版编目（CIP）数据

岭上一号 / 强雯著. — 太原：北岳文艺出版社，2024.1
　　ISBN 978-7-5378-6711-5

Ⅰ.①岭… Ⅱ.①强… Ⅲ.①短篇小说–小说集–中国–当代 Ⅳ.① I247.7

中国国家版本馆 CIP 数据核字（2023）第 070331 号

岭上一号

强　雯◎著

出品人 郭文礼	出版发行：山西出版传媒集团·北岳文艺出版社 地址：山西省太原市并州南路 57 号　邮编：030012 电话：0351-5628696（发行部）　0351-5628688（总编室） 传真：0351-5628680
选题策划 王朝军	网址：http://www.bywy.com　E-mail：bywycbs@163.com 印刷装订：山西人民印刷有限责任公司
责任编辑 王朝军	开本：787mm×1092mm　　1/32 字数：152 千字 印张：8.375
书籍设计 张永文	版次：2024 年 1 月第 1 版 印次：2024 年 1 月山西第 1 次印刷 书号：ISBN 978-7-5378-6711-5 定价：58.00 元
印装监制 郭　勇	本书版权为本社独家所有，未经本社同意不得转载、摘编或复制

目录

岭上一号 —— 1

一触即发 —— 71

恋人药丸 —— 94

亲　戚 —— 114

如约而至的下午 —— 194

你为什么不害怕 —— 217

芭蕾教师 —— 240

岭上一号

1

商梅红是从绿化隔离带的零碎空间里看见他的。

她刚刚从一场朋友的葬礼中脱身而来，满负行囊，气喘吁吁，不过这不妨碍她慧眼识珠。商梅红对自己的判断一向深信不疑。绿化隔离带对面的那个人面相乐观，身板笔挺，没有经年生活造成的衰败、颓废，满头银发只是更增加了一些风采。她下意识地多喝了几口矿泉水，女人需要水的滋润，她想这样看起来自己的状态会好一些。

附近没有多余的人，应该就是他了。绿化隔离带中的龙柏正攒着一股力，盘旋向上，仿佛要吞掉天空。密细的枝叶，翠绿泛光，这是它们生命最后的颜色，会持续到严冬。现在尖塔形的树冠很好地隐蔽了商梅红的审视。

是的，审视。某些人曾这样指责商梅红。不过商梅红并不以为然，一辈子都看走了眼，不能再输最后一段跑道。那些抱怨商梅红"审视"的人，经受不住一点盘问，两三个回合下来，就直接把她的电话拉入黑名单。"您拨打的电话正忙，请稍后再拨。"

"他们害怕我。"刚开始时，商梅红有些自鸣得意，认为他们脆弱，但后来，她开始觉察到他们的无情、冷酷。"真相早认清早好。"痛定思痛后，商梅红认为只需在必要的时候做一点遮掩。

现在，商梅红毫无畏惧，她很快完成了对相亲者的鉴定，大量的经验告诉她眼前人不殆。知己知彼百战不殆，她略微琢磨下这个老头的背景。五六分钟后，商梅红才绕过那片绿化隔离带，从容地走到老头身边。他们用眼神确定了彼此。

"你好，请问你是卿大河？"

"你好，我是卿大河。"他略微迟疑。

"我是商梅红。"她伸出手去。与直奔而去的身体一样，她掌控了局势。老头的手掌潮湿敦厚。

赴约之前，一家婚介所给商梅红来电，问是否有相亲的意愿。

"相亲？"

等她问清楚婚介所的名字后，稍感迷惘。她从来没有在这家婚介所登记过。

但是对方很快打消了她的疑惑，说婚介所的资料都是全国联网的，商梅红在别处登记的信息，他们也能共享。

"这是电脑自动配对的。"电话那头解释，"如果你有意愿的话，就来见见吧，对方条件很不错。"

当时，商梅红正在丧葬现场。反复奏响的哀乐，原来暗藏希望、躺在冰棺里的那个人，不再让人哀泣、怨艾，她终究是一段过去了的乐章。祸兮福所倚，商梅红心里的沉重有所缓解。唐工是她多年的老领导，突然丧偶让他措手不及，于情于理她都应来安慰。过去，每次商梅红来拜访他，他都会波澜不惊地谈他正在投资的几个项目，每年可有几十万的分红，有的是给老太婆的，有的是给孙女的。商梅红奉承着，极力掩饰自己的妒忌，老领导的那点心思她懂。她至今靠着每年一两万养老金过活，他时常打电话让她过去坐坐，他也只能在过去的下属面前卖富。

而现在，瞬间垮掉的唐工泣不成声，几次晕厥。商梅红从没见过谈笑风生的唐工这么脆弱，轮流和其他几个亲戚安慰。唐工张口闭口都是老太婆。吃饭、买菜、他们一块去过的地方，事无巨细。听多了，商梅红心里也嗞嗞吐冷气，同样是丈夫，别人家的就是情深意长，何时何地，她那个过世老伴曾这样念叨自己？她这一生的婚姻真是失败，磕磕碰碰一辈子，到头来，他解脱了，她还得时常念他！

四十几个平方米的客厅里散落着冥币、香烛，和她一样孤苦无依。面值一百万的冥币，在来来往往的胯腿下翻滚，刚撑到无人的角落，但一阵风又把它们卷进谁的脚下，啪地来上个大脚印，或撕开一角。商梅红弓身捡起，找了个果盘把它们压住。盘子里还有些吃剩的瓜果，依然新鲜，但大家都回避着，像商梅红躲避唐工对先妻的痴情一样。

"老头子得有一段时间难熬了。"商梅红跟走过去走过来的人念叨，"我那会儿办丧事也这样，大半年都缓不过劲来。我还比他年轻这么多岁呢。人老了，怕伤怀。"她说着，并不快乐，心里翻滚着自己操持丧事的场景，埋怨、生疏拉长了她的脸。这屋子里的人哪个不是苦相。她又抬头看了看众人，"我老头子年轻时，长得像赵丹。哎，那个电影明星赵丹。"

说完后，商梅红见别人愣愣的，才想起那是黑白电影时期的明星，别人不一定知道，就是知道也没几个人能想起。唐工家的亲戚、朋友应付着停下脚步听她念叨。"睹物思人，人之常情。你也节哀。"他们安慰她。

"都好多年了。"商梅红摇摇头，表示自己伤心已过，"我也不再去想死老头。只是唐工这情景，"说着，眼圈又湿了，"最难过的就是这坎上，你说我们又能帮多少呢……"

唐工家一向人多，平时就住着好几个亲戚，宽敞的两层楼洋房里随时笑声喧哗。就这样，他还常常邀请朋友、曾经的部下去小坐或留宿。每次吃饭时，十余个人就围成一桌。人丁兴旺，是唐工最乐意看到的事情。

可惜最后属于他的只有一个孙女。不怎么聪明，总是沉溺在谈情说爱中。偌大的家业，迟早在她手上败光，唐工偶尔和朋友们闪过忧虑，又无能为力。过去，他耿耿于怀，希望儿子多生养几个孩子，但是儿子都走在了他前面，血脉难继，他只能管好自己。过去，他管着厂里几百号人哪。"老了，都不中用了。"他虚弱地说，像喝了一肚子的风。

屋子里的人，都一副面挂石头的苦样。商梅红不知道说什么好。安慰的话车轱辘来，车轱辘去，就那几句。唐工八十九岁，身体还很硬朗，再活个七八年没有问题。但祝福的话说多了，也就没人信了，重要的是，再说下去就要生气了。可是商梅红是不能和唐工生气的，她干脆就坐着。那个死去的老太婆的亡灵好像沉沉地贴在她身后，贴在屋子里每个人的身后。他们互相憎恶，却又不便言说。

三四天了，参加这个丧事把一辈子的伤心事都抽泵出来，商梅红觉得心好累。终于，这个乘着哀乐翅膀的福音电话到来，把多日的晦气一扫而光。她看看自己身后，空无一影，老太婆的亡灵回到灵柩。

人世间还了她阳光普照。

"好人有好报。"她挂断电话时,双手合十默念,心结舒缓。

事后,她便背着多日的脏衣,气喘吁吁赶赴滨江路。嘉陵江水轻柔泛波,车来车往,卷过的风也让人荡漾。

"你这么好的条件,哪里需要去婚介所?"这是商梅红常规的摸底。

"我老伴去了三年了,现在一个人过,也没找过谁,天天健身,爬山散步,"说话的当儿,卿大河挺了挺胸脯,"现在感觉身体好了很多。"

他的模样确实好,身形也健朗,商梅红想,根本就不像丧偶之人。

"你今年多大年纪?"

"我今年七十三岁。"

"比我大四岁。"商梅红直截了当地说,"不过,你还真看不出来。你这么好的条件,找个年轻的完全没有问题。"

"我不找那些虚的,我只找过日子的。"

实诚,商梅红心里微微一动。于是说:"你说得很好。我们这个年纪,就得找过日子的,踏踏实实生活。都半截入土的人了,把每一天过好,有个人说说话、看看电视,一起去菜市场，做饭，就够了。不能像年轻人那样整得惊天动地的。都说老有所为，老有所依。虽然人老了很孤独，但婚恋也要慎重，不能谈婚论嫁就跟抽风了一样，把握不好人生的方向。人说到底还是要有个定数，不要老了老了，落个晚节不保。"她控制着面部表情，既不能太刻板说教，又不能把心和盘托出，"我就是那种精打细算过日子的人。我每个月收入也不高，也就领一份养老金，两千块钱。但是什么都安排得井井有条，每天都要有肉，生活要有质量。"她把语气调整适中，待价而沽。

"我一个月收入有五千多，还有一套三居室，宽宽敞敞的。要是有合适的女方一块生活，我把钱全拿出来用，女方一分钱都不用花。"

"你住哪里？"商梅红控制着自己的表情。

"东方乐园，照母山后坡。"

照母山后坡，那是本城正在开发的森林公园，那里的房子都是洋房，贵。商梅红暗抽了一口气。

"两个人住绰绰有余，主要是空气好，环境优美。人老了，就该回归田园。想不想去看看我的房子？"老头提议，口气明媚。

"这是你孩子给你买的房子吧？"商梅红试探着问。

"我把原来的房子卖了，买了这里的房子，房产证是我的名字。"

"照母山环境倒是挺好,不过上去一趟太远。不是我说啊,老年人住家还是要在市区,离医院近点。大家都是实在人,说点实在话。"商梅红要杀他的威风。

"只要我中意了,一切都好说,绝对不会让女方吃亏。"老头子说起话来斩钉截铁。

老年人谈婚姻,都得实打实,要是一个月还不能确定要不要住到一起,那这关系也就黄了。时间浪费不起。这是婚介所给商梅红的忠告。

嘉陵江浩浩汤汤,礁石上似有人渔钓,守着鱼竿纹丝不动,只有风来来回回掠过,吹得人背心透凉。两人又拉杂一番,彼此子女多大,干什么工作,住一块还是分开住云云。不觉已有几分交情。突然,商梅红插嘴道:"你给婚介所交了多少钱?"

"孩子工作好坏不定。"老头略微迟疑,又坦然地说,"我交了三万。"

"这么多!你被骗了。"商梅红脱口而出,"你被骗了。"

"你呢?"老头轻声问。

"我还没交。"商梅红露出幸灾乐祸的神情。之前跟婚介所谈好了,如果真的如他们介绍的那样,是个优秀的对象,她再去补交。

有车辆倏忽从他们身旁开过,即刻而起的一阵风,让商梅红感到一丝快意。江水在远方缓缓流动,像刚刚滑过她的身体。这短暂的路边交谈,让她有了喘气般的舒坦。

2

这个有喘气般美好的傍晚过去好几周了。

商梅红并不觉得逝去的时间太长。相反,她总是在咀嚼这次见面,烟波江水,风淡人和,给人生活的动力和满足感。人活到这个岁数,没有年轻时那样急不可耐,非要吃定了这个人,坐实了一桩事,才高枕无忧。吞下整个江湖,披荆斩棘,那是年轻人的事。老太婆不当英雄,有一点小欢乐就能马不停蹄。

这是过去生活教给她的法宝。

搬来女儿的小区快三年了,她也渐渐习惯了这里的生活,虽然夜里、梦里还是在挂念那个叫印制二厂的地方。那地方到底也人去楼空了。过去的国民党中央印钞厂,被新政府接管,成了工人阶级的票证印制厂,红火了三十年,如今老厂衰败,残砖裸露,老伴去世,徒留伤心。只剩几个没什么本事的老同事还住在那边家属楼里,聊度余生。

"人往高处走。"女儿把母亲接过来时,好一番安慰。在新的小区里,也四处都鼓吹着"老年人新生活"的理想。找老伴的想法也渐渐地浮现出来。但上年纪了,万事万物不可求全,几句暖心话,就能支撑人前行。有几次婚介所打来电话,问她是否愿意再见面,她就趁机问卿大河是何态度。

"对方对您很满意,这也是他催促下,我们才来电话的。"婚介所说。

想来也真是疏忽,那天竟然没有留各自的电话。

当然,婚介所是有严格规定的,不能私下留对方的电话。不过这个规定也不必强制执行,只是老头刻板,临走前,商梅红问了他电话号码多少,可他说自己是部队出身,得尊重人家规定。规矩比天还大。

"老古板!"商梅红想起这事就气,吃枣都咬到核,牙床麻麻地疼。那颗花了三百元安装的烤瓷牙,最近老是疼痛,已经换过两次了,虽然是免费的,但是人受罪啊。她去找印制二厂附近鸭纸巷里的牙医要说法。

"人上年纪了,牙齿维护的能力也下降了。这是自然规律,婆婆。"每次牙医都很有耐心,笑眯眯地解释,任何看似不合理的东西,到他嘴里最后都会变成自然规律。

"大不了,我再给你换一次啊,婆婆。"牙医说,"谁让咱俩是忘年交?再说你也是二厂的人,我这里都是二厂的回头客。生意不好做哦。"他说着给商梅红递了一杯红枣水,"红枣泡水更营养。这是第三次了，不能总免费吧，以市场价格的七折给你，一颗一百八，不能更低了。"

商梅红没拿定主意，折腾了几次。她不是在乎钱，她觉得什么时候怕是连牙床都毁了，连安假牙的地方都没有了，那她就废了。

人什么都可以没有，不能没有一副牙。得先吃饭，才谈得上其他。

但时断时续的牙疼让商梅红心烦婚介所的电话，他们急切的口气像胡乱的画笔在涂抹那个喘气般的美好傍晚。缓行的江水形成了湍流，和煦的风不再。明媚乐观的老头急不可耐，像所有遭遇人生不测的老人，显出死乞白赖的不齿模样。

关于与卿大河的见面，她没有跟任何人提起，包括子女。她有一儿一女，对她百般孝顺，唯独相亲的事情他们不约而同地反对。

红枣连吃了三颗，还是觉得气虚，那股子气，从胸口往大脑里蹿，蹿得眼睛都睁不开。商梅红喘着气，心里默念着救救我，救救我，但是没有用，那气体像被抽掉了一样，吃了七八颗，舌头都酸了，她才不得不停下来。

红枣提气。这是商梅红根深蒂固的常识，她等待元神归位。有些不好的衰老的迹象，比如肝疼，小腿水肿，落发……

她没有告诉过任何人。相亲的人都很现实，需要一个身体健康的，不给自己添麻烦，又能在自己危难时刻帮扶一下的。

商梅红抚抚胸口，气顺了。过去以为人老了，娱乐也少了，但事实却是，他们逃到更大的娱乐中去。

有些娱乐不叫娱乐，仅仅是把老年人聚集到一起，随便分给他们几样乐器、零碎布片、线头，让他们自行消磨。"享老会"的人大多恨老，一百多个会员，都是六十岁以上的老年人。商梅红去参加过几次，是女儿给缴费的，据说能提高老年人的生活品质，更懂得享受生命。

为此，享老会每周还有一节心理辅导课。美其名曰"关注老年人心理健康"，主要是让他们讲出自己的人生酸楚。

一开始大家都面面相觑，活了大半辈子，能忍的都忍了，能受的都受了，都说风雨过后谈谈彩虹，现在来揭伤疤，谁乐意？谁愿意现在来说，自己的一生都糟糕透顶？

心理老师是个丰润的女人，从手指到脸庞都丰润，她无时无刻不把笑容挂在脸上，仿佛一切抱怨都在她意料之中，只等着她玉口一张，逢凶化吉。她把双手举起，做了一个抚慰众生的姿态，然后对着空中轻吐一口气："我有三个孩子。我三十五岁那年突然经历了失败的婚姻，从家庭妇女走上职业妇女之路，不得不带着孩子独立生活。从没有事业到有事业，从自我困惑到帮别人解惑，我因此考取了心理咨询师的职业资格证书，在全国各地讲课。经过了这么多年，三个孩子都已经考入名牌大学，他们很爱我，也支持我的工作。现在我几乎每年在外面讲学的时间超过半年，但是我觉得很满足，这样的生活状态让我知足。整个过程并不幸运，但我知道怎么去接纳，去改变，然后，"她又把手伸向空中，"我得到了希望拥有的一切。"

人群中有小声的唏嘘，但很快就化为乌有。商梅红也同大家一样，流露出同情的神色。

"生命的原始目标就是进化，进化的方向就是更好，更有爱，更美。所以释放不好的过去，痛苦、心结、苛责，才能让好的能量注入我们心里。"说着，她抬起双手，仿佛在祈求空中无形的力量，虔诚地闭上了双眼。

这个女人真是丰润，哪里像常年苦命奔波的人。商梅红没有闭上眼睛，但是她确实被深深地感动了，她偷偷看了几眼其他会员，他们都闭着眼睛，一刹那，她有一种想和盘托出的欲望。

"你也说说感受吧。"话筒递到商梅红手边，她鼓起了勇气，心理老师温柔地看着她，"三年前，我老伴去世了，然后我就搬到了这个小区。"众人同情的眼光扑来，一层又一层，像胶布一样，把她的口又封上了。接下来，商梅红不知道说什么好,她感觉诉说伤痛的那件外衣远不如心理老师穿上好看。

幽暗的灯光反射在墙上的水墨画上,掐头去尾,似是而非。"还有很多情况我不熟悉,以后慢慢了解吧。"她非常知心地把话筒递给了下一个老人。

别人的伤痛回忆,她没有再听进去,有几分自责。她怎么会说这么冒失的话,阴影像棉衣,盖住她面若冰霜的脸。

好在两个小时的心理辅导之后,一切又都明亮起来。

会长根据老人们的不同情况,划分了不同的"宫",老人们依次入"宫"即可。比如书法宫、茶艺宫、舞蹈宫……会长说:"商阿姨,你也入一个吧,费用都是包含在里面的。"

"是啊。"商梅红在每个"宫"前徘徊。所谓的"宫",其实就是一间相对隔离的房间,装修得古朴、隐蔽,一副让大家修炼内功的样子。

修炼什么呢?商梅红有些徘徊,这不就是找个事情把你给拴住吗?可她一想到除了接孩子、买菜、做饭、看微信,还要给拴在这样的"宫"里,练就十八般武艺,浑身就开始发凉。

"这也是一种集体生活。"会长解释,"可以互相激发,彼此鼓励。都是志同道合的朋友。"

"志同道合?"商梅红对这享老会里的人,都叫不出几个名字来,他们有什么需要志同道合的?仅仅是为了集中在一起吗？这可怜的集体生活，像救命稻草一样，引诱着老人们。

是啊，几十年的工厂工作经验，让她依赖跟人群相处，依赖集体化的消耗、疲劳、争吵，年轻时的那些会议、庆祝会把他们聚集在一起，消磨他们的荷尔蒙、私人时间，渐渐改变了他们的习惯，心反而定了。

印制二厂，在岭街一号，隐藏在五十余棵老黄葛树掩映的背街中。那一片山岭之上，能看见长江滚滚向前，两岸树木葱茏，盘山路上的大货车踽踽独行。平时令人讨厌的汽鸣声再也听不见，不觉还有几分可爱。职工们很少有专门的时间去眺望长江美景，只是偶尔抱着样品去往办公室的时候，会停留几分钟，多看两眼江水的奔腾。

二十世纪五六十年代，正是印制二厂的活儿最多的时候。

青砖高楼，总共十二栋，被分出不同功能的二十九个车间以及一个办公区域。烟盒、罐头商标、粮票……噗噗地从彩印机的嘴巴里吐出来，就是在楼外，你都能被轰鸣声包裹，两耳一刻不得清闲。年轻时的商梅红也做印刷工，那时三班倒，她刚把孩子哄睡着，就得爬起来往车间去。有时还顺点厂里的裁边纸，"别浪费了，给孩子拿回去打草稿。"有时还把报废的彩印画报拿回家糊补板房。

从工厂里成长出来的一代，只有在人群中才感到安稳。一个人待着,她觉得恐慌,哪怕是在人群里说着闲话,也是一种有家可归的稳妥。

可是,现在她为什么害怕加入兴趣小组,她自己也说不出来缘由。是享老会里那些幽暗的灯光?她本来就有飞蚊症,在那样的光线里,更是飞蚊密集。又或是她还不想和这些老人保持更亲密的关系?她看不惯他们的生活习惯,也搞不清楚他们的婚姻底细,有几个是离婚了的,有几个是死了老伴的,这很重要,这涉及人品。再或者是会长推荐这些"宫",为的是叫他们静下来,安于老年人独有的内心生活?书法、阅读……人群把他们抛弃到深邃的内心世界中去,商梅红不要。她的内心需要不断地迎来送往。

兜兜转转了许久,她选了一个食艺宫,这好坏也是自己天天不离手的活儿,不会占用自己额外的时间,也不需要重新投入精力。他们小组的活动也就是贡献一下各自的手艺。但没多久,商梅红发现这里的烹饪和她的烹饪不是一回事。水果沙拉、牛排、双皮奶……"过一种有品质的生活。"年轻的厨艺老师扎着流行的苹果头,手上操控的锅碗瓢盆井然有序。他一笑,眼睛弯成一条线,脸上仿佛带着欢快的小马达,随时散发热情。这张脸,上了年纪的人都爱看。就像他呈上的那些自喻"有热带风情的菜",虽然吃起来不甚习惯,但那"鲜花盛开"

的架势确实能感染人。

"鲜花盛开是我们追求的视觉效果。"厨艺老师配合着笑容，描述眼前的菜谱，"只有百花园般的卖相，能让我们对食物充满渴望。"

一群老年人目不转睛地看着他。这孩子真俊。

在小组活动的时候，商梅红的愉悦是真心的，有生之年，能够体味截然相反的生活，人生都是新的。只是飞蚊们更密集地扑闪在铁锅中。

"老年人也要学会进餐厅。"厨艺老师教他们如何用刀叉，优雅的中指闪着指环光。

一两个老太太咕哝，用一种农村人惯常的口气说："我们村里以前杀牛，一刀子捅到肺。"

"嘘——"厨艺老师竖起指头，提醒她们小声点。

"哎，你好，大家都叫我小宝。"一个矮个子老头挨近商梅红身边，"我加了你微信好几天了，你怎么不通过我？对我有意见？"他两颧的肉一抖一抖的。

商梅红想不起他是哪位。"你叫什么？"

"大家都叫我小宝，我的微信号也叫小宝。"

商梅红蹙眉，一个干瘦老头，和我一般高，怎么叫个孙子的名。"怎么叫这个名字？"

"说来话长。"他打住话头。

"下面我教大家学习吃西餐的礼仪。"厨艺老师提高声音。

"你的菜其实做得挺好,我就喜欢这种,很家常,是家里的味道。"小宝说,"这里教的菜,不适合你,学不会也没关系。"

"那不行,既然来了就要好好学。我女儿给交了不少钱。"

"嗨——颠倒了,现在是孩子把老人送进幼儿园。"

"这是国家发展的大形势。"商梅红义正词严地说,"这太正常了。"

小宝受了挫,讪讪地笑。

商梅红不想再搭理他,把身体背对了过去。很不幸,她错过了厨艺老师的几句话,不知道此刻要加什么食材。她转过身想对这老头发两句火,一看,人不知溜到哪里去了。

3

从享老会里走出来,天空光芒万丈,商梅红这才觉得回到了现实生活,眼前的飞蚊也向着太阳飞奔而去,一下子明亮起来。

"你等等。"小宝不知何时蹿到商梅红身边,"今天教的蒜蓉生蚝你学会了吗?"

"大概知道。"商梅红狐疑地看着他。

"学会了也没用。这些都不适合老年人吃,你懂不懂?"

"学了做给孩子吃。"她思忖着他想说什么。

"死贵了。你们这些老太太是舍不得买的。我告诉你,我以前去福建吃生蚝,那才叫便宜,两块钱一个。大路货,撑死你。这是内陆,货少,得空运。你看到没,夜里烧烤摊常常是这些东西。"小宝说着摇摇头,"不新鲜。"他又挤眉弄眼,"得放柠檬汁,洒在上面,有鱼子酱配着更好。"

他啰里啰唆地跟着商梅红到了十八栋楼门口。

"你住这个单元?"商梅红问。

"哦,不是,我住那边的单元。"他摇手一指,"记得回去加我微信,多交流。"

看他走路的样子,很像见过一些世面,虽然个头有些矮,但这张嘴挺会说。商梅红心里有点高兴。回到家,马不停蹄照例给女儿一家做饭。

"我要是再年轻四十岁,厨艺老师讲的这些,我都会。"等大家都坐上了席位,商梅红开始发表演讲。

"哦,今天学了什么,老太太这么大热情。"女婿打趣。

"蒜蓉生蚝!海鲜!"

"好洋气!我们都不用去外面吃了,对吧。"女儿对着孩子挤眉弄眼。

"我做了几十年的家常菜，你们还看不上？你，你，你，"商梅红把一家人指了个遍，"你们不都是吃川菜长大的吗，现在还嫌弃起来了。"

"没谁嫌弃，我的妈。"女儿给她夹了一筷子菜，"你想，厨师那么年轻，他会几个川菜呀，别说中国菜了，天南地北的他会几个？他得藏拙，知道吗，藏拙，就只能讲讲你们都不懂的西餐。"

"那实用吗？"

"实用啊，您做好了，我们以后就不去外面吃西餐了，多省钱。"女儿说完突然冲女婿郑重地说，"你别说，享老会还是很讲策略的，我觉得这个学费没白交。"

"我要是再年轻四十岁，厨艺老师讲的这些，我都会。"商梅红又重复了一遍。

"你现在也不老。正当时。"女儿一家都给她打气。

"西餐不接地气。"

"那还这么多人参加？"女儿讥讽。

"主要是冲着享老会要发一些鸡蛋啊，米啊。再说了，你钱都交了，不去白不去。"

"所以说呢，谁都不想吃亏。有没有合适的老头？"

"老头？我还都没瞧得上。"商梅红说着，又想起了那个小宝，准备待会儿去看看他的微信。

4

商梅红住三栋，女儿住十八栋，晚饭收拾停当后，商梅红就回自己的房子去了。整个三栋全是小户型，一室一厅，足够她一人住了。这是老伴去世后，女儿专门在小区里另外给购置的一处房产。"过来住一块，长期有个照应。"她劝说母亲。

"不去，像什么话？"刚开始，商梅红不想搬去这小房子，感觉自己像无端长出来的瘤子，"中华传统讲的是四世同堂，我们连三世同堂都做不到。哪有让老妈单独住一处的？让人笑话！要真想照顾我，就住一块儿。"

三代人挤在一处之后，跟女婿的摩擦就出来了。比如吃了饭不洗碗，洗碗的时候又没洗干净，用完马桶后不把马桶盖抬起来，洗完澡后不把脚底的水擦净……丈母娘一张嘴没个消停。女婿刚开始还憋着，后来就在床头对她女儿说："要不我搬去小房子住好了，在自己家里还这么不自在。"

每次晚饭后，女婿就睡到小房子去了，剩下的三代人倒也相安无事。只是女儿常常有些落寞。这样的日子好好坏坏持续了一段时间，商梅红才听说这小区里很多老人和子女都是分开住的，"一碗水的距离最好。"她这才又动了牺牲自己，让女儿一家团圆的想法。

三栋的房子小是小点，不过一个人住倒也刚好。

电视里轮番播出相亲节目，浙江卫视、重庆卫视、上海卫视，看完相亲，又看卖锅、卖面条机、卖四件套的，等七七八八看完后，就快十二点了。手机微信里已经挤压了许多人发来的各种链接。商梅红顾不上洗漱，一个个看完。那些几十秒的视频，看上去惊天动地，比如残疾男人娶了貌美女子，大活人喉咙里吞刀剑，小孩走失，车祸现场，等等。这些信息生生不息，盘根错节的，商梅红看得心惊肉跳，又觉得有义务提醒别人，于是又发给其他老年人。有的，她还郑重其事地用五笔打字，提醒这个链接的必要性和严肃性。那些因婚介所而认识的独居老头，和她一样，半夜总睡得很晚，个别的还会发来长长的抒情观感。不觉已经到了深夜两点。

这晚上的时间真是不够用。

此时商梅红大脑思维正在活跃时，好多苍生大事等着她"批注"，舍不得睡。年轻时在印制二厂时的感觉可不是这样，天一擦黑，瞌睡就上头。现在上年纪了，夜深人难静。

手捧着iPad，眼睛就再也离不开。

微信总是在这个时候很繁忙。过去老同事的影子倒渐渐清晰起来。

她听说谁又去世了，谁又搬走，神情都会恍惚，岭街的黄葛树、两边的杂货铺、灰色的五层楼高的厂房又在梦里出现了一次。

夏日的云雾趴在屋顶上，像一个个伺机逃跑的孩子，那时的晚霞倒映在江水中，孩子们只有在大闹调笑的片刻，才觉得二厂很美。而这傍晚是商梅红对二厂最深的回忆。她离开这儿三年，也断断续续听到二厂的变化。尤其是二厂所在地纳入城市一小时经济圈后，老厂立刻也动了起来，"被一个海归收购了，请了老外来设计的，做文创公园，名字都改了，挂牌'嶺上壹号'，而且是繁体字"。

"干吗叫这名？"商梅红不解，"还弄个繁体？"

老同事说："他们说，现在就时兴这种古风。"

"嶺上壹号"开园那天，商梅红也去了，作为老职工的代表。她完全可以不去，借口搬家啦，带孩子啦，腿脚不便啦，可是去那天她都没提前告诉女儿，她就是想看看过去的老厂要变成什么样子，他们会不会给拆迁补偿。

新任园长、市里的领导出席开幕式。还有穿得莺莺燕燕的男女在台下，拿着自拍杆、摄像头，自顾不暇。一些过去的老职工也站成方队，见证印制二厂的新生。

厂区挂牌后，连公交站牌的名字也改成了岭上一号站。戴鸭舌帽的当家人"周园长"在台上一连串的"感谢政府搭桥，感谢市委领导重视……"他挥臂呐喊，发誓要在本城打造一个国际化的文创公园。"从今天起，三万多平方米的旧厂房华丽变身了！"副市长双手交错在腹部，笑意盈盈。"创意无国界"的横幅挂满了每一栋厂房。

"感谢入驻的隐居美术馆酒店、尚1号茶艺、真理客厅生活美学馆、灵空间当代艺术中心、美国精酿啤酒馆、卡萌摄影……感谢你们带来时尚、文艺，感谢你们带来城市生命力！"鸭舌帽下蹦出许多让商梅红摸不着头脑的名字。厂房的外墙已用白油漆刷过，但并不均匀，下水管爆裂的淤痕还残留在墙面，是一种赭色液体。过去储存印刷品的仓库，现在架上了玻璃露台，挂满绿萝，看上去像私人庭院。

"这里卖的东西不便宜吧？"商梅红和旧同事交头接耳。

换了颜面的厂房，也只是局部，还有一些门窗比她离开以前更破烂，阳台上堆放着破旧家具，没有环卫工人清理。

厂里的家属楼还没变，在东南角与岭上一号对峙，中间是一堵围墙，一新一旧，咫尺天涯。

商梅红的旧房也在其中。过去二厂以两万元让他们买断房子,当时是挤破头才挣得的福利,现在,破败不堪,楼道里疏通管道的小广告,贴了一层又一层,成天听着楼下的婆婆说着即将拆迁的消息。这消息一说说了好几年,又没了个影儿。

岭街的黄葛树被裁剪了一批,横七竖八地倒落在地面,一些找不到更好出路的下一代就在附近卖水果、香烟、杂货。

那一次开园仪式,商梅红印象深刻。作为特邀老职工代表团一员,她也领了一件饮料,这饮料至今还没喝完,放在旧房子里。

这新新旧旧的影像缠绕着商梅红,伤感中不觉睡意浓重。

5

享老会里的人,渐渐听说商梅红是岭上一号出身的,纷纷露出欣羡的神色。他们跟她打听路线,是否有公交车直达,消费贵否,口气里带着恭谦。

商梅红成了焦点,让她有些受宠若惊。

"岭上一号原来是国民党中央印钞厂,后来被新政府接管了,改名为印制二厂,现在才叫这名。"每次商梅红都要更正一下出身,"印制二厂当年可是响当当的,以前本地凡是带色的'纸片儿',差不多都是咱二厂印的。"

"什么纸片?"大家围拢过来。

"烟盒啊,牛奶盒啊,吃的用的包装盒,带纸片的,都是二厂印的。哎,你们回忆回忆,我们都是同时代的人,过去你们家里是不是有粮票?那可都是我们厂生产的。"商梅红露出得意的神色。哐啷哐啷的机器声响起,吃进去吐出来,整天的轰鸣声接连不断。商梅红想象着,口齿也利索起来。

"还是岭上一号叫起来气派。"有人伶牙俐齿,"听说收集了很多老古董,钢琴啊,挂钟啊,坛坛罐罐的,古香古色。"

"重新装修了,自然漂亮。"商梅红有几分不情愿地附和。

"那组团去?"人群里哄闹起来,"商梅红给我们导游导游?"

"现在坐车也方便,地铁可以直达了。"商梅红一边说着一边想起那些鼹鼠钻洞似的时时刻刻。"老年证是免费的。"她又补充了一句。

一小时经济圈建成后,老家和新家的距离变得近了。这个近,来自城市的地铁,四通八达,繁复密织,人们得像鼹鼠一样,从这个口钻进去,再从另一个口钻出来。因为在地下穿行,看不到地上的风景,再加上不断换乘,商梅红总觉得这一小时里的每分每秒都无限的长。有好几次,商梅红因为换乘点弄错了,又不得不重新来过。她懊恼不已,觉得城市里的新生事物就是用来和老年人作对的。尽管询问了不少站台的人,但他们的答案并没有将她快速运送到目的地。

哦,岭上一号,现在变成了遥不可及的地方。"创意无国界"的招牌飘荡在岭街四公里长的马路两旁,换锁、修旧家电的铺子依然如故,和这条街上讨厌的蝉鸣一样挥之不去。

她都一把年纪了,还得像小学生学写字一样从头再来,刷卡,进站,换乘,奔跑,刷卡,出站,一切都还得靠自己。当她终于像长途跋涉的鼹鼠一样钻出地面时,不可遏止地在路边呕吐起来。

没有太阳,只是天光在头,一种活着的气息回到肚里。绿树、人行道、车水马龙,商梅红花了好长时间才确定这确实是人间,是到达了岭街。

她在心里狠狠地说,下次不要再坐地铁,宁愿坐三小时才能回家的大巴车。

每个月,商梅红至少会回去一次。收拾下旧房子,都是些老伴留下的七七八八的东西,无非是从这处倒腾到那处。在阳台上远眺老厂,就像看着远嫁归宁的女儿,似曾相识,又想不起相识在哪里。那种失败的相认,让她躁动;张牙舞爪的涂鸦,阻碍了她想起往事。

"哎,我给你们普及下历史。"商梅红招呼着众人,俨然不是心理辅导课上那个落寞的老太太,"上世纪五十年代,整个城市除了新华印刷厂外,就数三家国营印制厂最牛,而二厂的名头最大。那时的一厂,最正,只印出版社课本、图书和期刊。三厂,印笔记本、卡片、信封、标签、标语牌等杂件。那才是火红年代。"

"听说有几家茶楼特别漂亮,哎,我们享老会也可以组织去那里搞个一日游啊。"有人在提议,"还有什么三层华丽马路,从长江边可以一直走到岭上一号,那什么电影《从你的全世界路过》,就拍了的。"

有几个老年人又交头接耳地说了几句话,商梅红有些不高兴,刚刚那些一时兴起而连珠炮似的话,似乎发向了空中,还没开成绚丽烟火,就成了一股子烟雾。她想,我还不想领你们去呢,耽误我的时间。

"做饭去了,回头聊。"有老人先行离开。

"哎,明天小组活动哪些要去参加的,晚上报名。"

"商婆婆,哎,你说地铁直达,在哪里换乘呢?"一个老太婆凑近了。商梅红瞥了她一眼,说:"先买菜吧,吃了饭再说。"

6

天气凉爽下来,时间就变得漫长。阴天可以持续一周,有时让人分不清这是上午还是下午,这一天和下一天也没有什么不同。

"商阿姨啊,您确定了没有?卿大河老师对您很满意,希望你们有下一步接触。"电话那头传来悦耳的声音。凌晨五点才安眠的商梅红,此刻睡思昏沉,只能模模糊糊地应付对方。

"那您满意对方吗?"

"满意。"她恍惚想起那个老头的样子。

"如果满意的话,您就到红鸾婚介来把费用付了吧。"

"什么费用?"

"这样我们好把卿大河老师的电话给您,你们可以进一步接触。"

真麻烦。商梅红这才清醒过来,想起那天老头不直接把电话给自己。

"多少钱?"

"八千。"

"什么?"商梅红被彻底激醒,"这么贵!"

"商阿姨,我们给您推荐的都是优秀的人,千载难逢。"

电话那头婉转动听,"他年薪加其他收入十万以上,又有一套一百平方米以上的房子,部队转业的,身体也好,又是丧偶的,这也符合您的条件吧。"对方车轱辘话说了一气,"对方对您也特别满意,希望可以深入发展。"

那个穿过绿化隔离带的下午又出现在眼前,混杂着葬礼的晦气、矛盾和眼前一亮的兴奋。说实话,老头的模样已经不甚清晰,但是她记得自己很高兴、很满意,好像睡足了一般。此刻她精神一振。

"我真没那么多钱,孙子要读书,水电气、物管费,吃喝拉撒睡……"商梅红极力搜索着花钱的地方,全然不顾对方有没有听,"如果一定要交费,我只能交两千。"她觉得对方也不太可能接受她的条件。

"两千是绝对不可能的。"对方果然不同意,但也没有粗暴地挂电话,声音还是那么柔和。从这一点上,商梅红很喜欢和这些小女孩打交道,她们每一个都比自己的女儿有耐心。

"有个老太太说要交五千,让我们把老先生的电话给她,我们都没同意。老先生点名要和您交个朋友,我们尊重老先生的意思,所以才给您联系。缘分可贵,真爱难求。"

这后面八个字戳中了商梅红的心。孩子爹走后,也见过一些老头,还真没有那种和孩子爹年轻时候的感觉。电视征婚倒是看了无数,有时也要滴几滴眼泪,但都是替别人着急,她都怀疑人上了年纪,是不是都会变得铁石心肠。地铁里有时也能看见两个上了年纪的人,黏糊糊的,她觉得恶心,但转身又想自己怎么就没这种运气呢。但那次看见卿大河,确实有种不一样的好感。

孩子爹在世的时候,每个月就给她一千元用于生活开支,这次怎么样都是重新开始,得遇见个更好的。她原先想着要是再找个老伴,每个月让他出两千元的生活费,这才表示他心里有自己。而卿大河直接说,男方的钱全部拿出来用。这样的男人确实难求,可贵。

商梅红想着,问:"姑娘,你姓什么?"

"我姓张,您叫我小张好了。"

"小张,我跟你说,你商阿姨年轻的时候,那可是厂花。我老公当年是跪着追求我的。我老公年轻的时候可帅了,长得就像赵丹,哦,不,你们年轻人追的胡歌。胡歌你知道吧?我那时还年轻,不懂这些,就不同意,我老公就当着许多人的面跪着,求我结婚。他当时喝多了,就跪在地上求我,那地上可是刚刚落了雨,一摊积水。我老公琴棋书画什么都会,厂里的标语、黑板报都是他写的。他学的是隶书,飞鸟惊蛇,可好看了。厂里一举办文艺活动,都是他策划。他还上台表演,演的是反面角色，人人叫好。我老公还会谱曲、写歌词，用你们今天的话说，是文艺男。可惜他英年早逝。他就是不听我的话，烟酒茶样样来。特别是酒，每天都要喝二两，哪天不是醉醺醺地回来，走路都打颤颤的？他的肝脏都是泡在酒精里的。我老公肺也不好，每天都是半包烟。他跟我说没办法，当个办公室主任就得搞接待，领导、客人来了，都得散烟。我为他守了三年寡，我也应该有自己的生活了。什么，你说找老头？我不会乱找的，我们都是红色年代出来的，根红苗正。小张，你要有空，我可以把我老公当年的书法作品发给你看，多少人想求他的字，那时我们厂里，不，我们镇上的人，好多慕名前来求他。喂，喂，你在听吗？"

天空阴暗，两朵浓云垂挂在紫金大厦的顶端，厨房里的小时钟指向了两点。那个小钟也是女儿给买的，方便妈妈做菜时计算时间。

两点了？商梅红想起自己还没吃午饭。再过一个小时小学就要放学了，她得去接孩子。

7

"微信真是害死人，一聊聊到深夜。"接完孩子回家，她看见小区喷泉处老人们三三两两聚在一起。几个孩子在那里耍水枪。

"就是,太影响睡觉了。"

"微信挺好啊,里面有好多骇人听闻的事情。"商梅红凑上前去,她觉得有必要提醒大家那些重要的事情。她其实也很困,可听见别人说困,心里就踏实了好多。

"那你可能不怎么看。"有个老头搭话。

"看啊,我怎么不看?"

"那你可要当心。"老头说,"晚上睡觉看微信,有个人眼睛失明了。新闻上说的。"

商梅红一想,好像最近飞蚊症是严重了。但最主要的是困。这样困倦不堪的日子过了几天,都不见好转。即使是雨后初歇,清爽的空气仍旧让商梅红感到困倦。可是她又挤到人群中说:"老年人,睡眠本来就少,精神不好,那是自然规律。几十年的老机器了,还指望零件都运行很好吗。都是生锈打卡的,怎么能怪微信,现在怕是没有不用微信的人。"商梅红一鼓作气,说得大家哈哈大笑。

商梅红在人群中看见那个熟悉的面孔,他也正在向她张望。他没有凑到商梅红身边来,而是转过头跟他身旁的人交谈什么。

"要我说,昨天微信里最重要的就是新交规的颁布。"商梅红提高了嗓门说,"哪家孩子没个车,开车玩手机的要扣分要扣钱,这可是真金白银的。"

有几个老太太点头称是。

小外孙拉了拉外婆的手:"外婆,外婆。"

"行了,你自己上去先做作业。"商梅红打发道。

"这个是一定要转发的。"有几个人附议。

商梅红见势挪到了小宝旁边。

"你好。"他人模人样地说。

"昨天微信里的新交规你看到了吗?"

"看到了。这个很好。"小宝一本正经地说,"我之前写了一段感想给你,你后来没有回我。"

商梅红眉头一皱:"你总是半夜发过来。"

"不是半夜,才十一点多。"小宝纠正。

"哦,就是你说我错别字的问题吧。"商梅红依然皱眉,"你总是喜欢挑别人毛病吗?"

"梅红,"小宝郑重其事道,"细节决定成败。一个人首先要把字写正确,就像衣服扣子要扣好一样,才会给人端正的印象。我们以前工作那会儿,只要念错了一个字,就得扣钱。"

"我都大半截身子入土的人了,还要什么成败。"商梅红存心挑他的刺,"再说了,你们工作那会儿是哪个年代?"

"梅红,实不相瞒,我过去是电台里的播音员。"他贴耳道,"我跟谁都没有说这身份。小区里的人太杂,没必要。可我觉得跟你很投缘,所以我想帮助你,你可千万别跟外人说。"

商梅红狐疑地看着他:"帮我纠正错别字?"

"你刚才说的那些就很好。"他又挺起胸膛。

"哪些?"

"几十年的老机器了,零件都是生锈打卡的。说得很幽默。这是你与众不同之处。"

"我们那些年生的人,这样的话多得背篓来装。"

小宝一笑,颧骨的肉就抖:"这就是劳动人民的本色。"他突然端正了身体,向人群中心望去。商梅红也随着他的视线望去,老太太们摇晃着各种蒲扇,微信的话题还在有一搭无一搭地继续。

"上次你说你是二厂的,要带大家去参观?二厂过去风光得很。"

"那是。"

"我说现在也不错,岭上一号我去看过,整个厂房画上了涂鸦。还有很多小店,卖什么的都有,那里有家卖馄饨的,人挺多。现在时代不一样了,讲的是朝气。"小宝说着,眼神中流露出关切,"你也别难过,国营单位能盘活就不错了,个人利益那算不得什么。"

这话商梅红又不爱听了:"我说你在哪个电台上班,都是些什么节目?"

"我什么节目都做过,现在记不清了,都退了好几年。不过一直有人在请我出山,老了,我就贪图个清静,不贪那俩钱。"

"癞蛤蟆打哈欠——好大的口气。"商梅红一路听来已经没有好气,又没个实际的事情,说,"时间不早了,我得回家了。"

"别着急啊。"他又把她悄悄拖到一边,"再聊聊,你那老厂的房子还在吗?会不会给拆迁补偿?"

"国家政策的事情,我怎么知道?"

"现在补偿可有新政策,回头我发微信链接给你。得多个心眼。"

商梅红不想与他争辩,就说:"回头微信上再给你说。"

"外面有家饺子馆很不错,我请你去吃吧。"小宝凑近了说,"等他们人散了来。"

"今天吗?今天我不得空。"

"好吧,那就改天。"

"改天?怎么不直接说明天。虚情假意。"商梅红独自念叨,步入楼梯,却并不因这小宝的格外关注而高兴。能在这个小区居住的，基本上是素质高的，至少财力不差，哪怕是儿女给买的房。但是，她觉得自己得慎重。

8

"六月五日，芒种。"这日，商梅红看到台历上此处勾画了一个圈，定是女儿所为。餐桌上还放着一个馒头，一杯豆浆。不过，老太太一点食欲都没有。

夜雨一场，空气湿润。换作平时，她就下去走走了。那些睡不着觉的小区老人每天都会在楼下公交站前邀约，去园博园、照母山、南山，她也蠢蠢欲动，但很少与他们成行。

老年各自有一些怪癖，她懒得将就。商梅红随手又翻起那本台历。女儿总习惯把有用的知识勾画出来："此时天气炎热，热毒盛，心气心血虚和人体下焦虚，此时容易出现口腔溃疡、牙痛、体位型低血压等身体问题。"

她叹了口气，觉得真有些气虚。

早些年，帮女儿带孩子，现在孩子大了，她只需一天的头尾处接送一下，并不繁重。空隙里就更思念儿子。可是唯一的儿子在成都安了家，平时也顾不上老妈。他买了联排别墅，和老丈人一家住在一块。"养儿是名气，养女是福气。"商梅红有些不高兴，跟女儿念叨，生他养他一辈子，就没享过儿子的福，还是让外人沾了好处。

儿子只有在逢年过节的时候才回来，围着老太太讲笑话，带她出去散步，又殷勤备至地说接她去成都玩几天。儿子也算中年得子，所以她的小孙子才三岁，正是操心的时候。儿子解释说："把外公外婆接过来，不也是为了好好抚养你孙子吗，你斗这个气干吗？"

女儿在厨房忙里忙外，菜端上来的时候，嗔道："还是儿子好啊，啥事都不做，一张嘴就把老太太哄好了，女儿都是劳碌命。"

"你哥远道而来，哪有让客人做事的。"商梅红帮腔。

"哟，还客人，真把自己当客人啊。"女儿说。

儿子都是替别人养的。商梅红嘴上不说，心里不得不接受这样的结果。

"芒种天气炎热，容易耗气伤精，应该多吃些莲子、百合、西洋参、太子参、银耳、雪梨等，避免熬夜，宜午休，以补心之气血，强肾固元。"

她跟着念了一遍女儿勾画的重点，脑子里迅速搜索百合、莲子放在哪里。一到夏天，厨房里就爬满了大大小小的蟑螂，这些生生不息的小家伙让她不停地转移食品。绿豆从一层抽屉转移到三层抽屉，黄豆从三层抽屉转移到冰箱。渐渐地商梅红自己也有些记不清哪些在哪里，有时不得不翻箱倒柜，把所有的东西全部堆放在地，密密麻麻的蟑螂卵就遍布在眼前。

她大刀阔斧地清理战场，还咬牙切齿道："死不要脸的，生一堆，看我不弄死你。"

用抹布把这些虫卵擦掉，有的紧紧贴在隔层的木板上，商梅红便用菜刀唰唰地刮。这些等待出生或者已经死去的生命，如此顽固，商梅红不得不重复好几次这样的动作，才能彻底心安。

这彻底也只是眼见而已的彻底，更多的隐藏在缝隙中，看不到，触不到。这得等待。商梅红很有经验地判断。这等待即是众人皆睡。

商梅红不仅在自己家里喷洒各种灭虫剂，在女儿家也喷洒。

无一例外，每次喷洒后，女儿就怒气冲冲地跑到老太太家里发一通脾气："妈，厨房里还有吃的呢。你看你，你家里喷得到处都是，不中毒才怪。"女儿吵着，打开了所有的窗户。

"不要你管！这是我的家！"商梅红不停晃头、跺脚，声音由高变得低，再由低变得高，抵抗女儿。

这似乎是预料之中的事情，商梅红满脸通红，和女儿大吵一架。说来也怪，吵完一通后，气也顺了，她感觉到那股疲惫之气从身体深处夺路而去，终于她筋疲力尽，歪栽在沙发上睡着了。

一周之内，总有几次两三个小时的沉沉睡意，就像小孩子大哭大闹后会突然睡去一样，不管争执的结果究竟是输是赢。"人老了就是这么不中用，"事后，她会在微信朋友圈中写道，"有些生活习惯跟小孩差不多。"她其实想写的是"生理习惯"，可是又怕朋友圈的人误解她大小便失禁，又谨慎地修改过来。

果然，这词不达意的表述让不少人会错了意。

大部分人点赞，小部分人留言"老了就是小了"。商梅红觉得他们一点都不深刻，也懒得回复。只有小宝又长篇累牍地给她发了私信，感慨了一番人生。虽然都是各说各的，但这洋洋洒洒的文字，商梅红想，得花他多少时间一个字一个字地敲出来啊，心里又涌起暖意。

睡意来临时，仍旧是天亮时分。她在晨曦中梦见回到了老厂。通往那个散发浓重油墨的工厂，需经过一条长满黄葛树的背街。这条背街也是盘山路，足足有三公里长。沿途有散落的农民居住，二厂的人无疑是这条街上最富裕的。商梅红就这么在翠微裹挟中一路向前，然后就到了居民楼里。

家家户户在过道上吃饭，边吃边看天边散落的残云，煤炭炉子还温热着，饭桌上还能闻见油墨味。她好像跟谁在说着话，讨论今天的印刷数量，天边的晚霞披挂下来。老厂最美的不是那些带色的纸片，而是烟霞。

她和工友穿过林荫道，往家赶的时候，烟霞就追着他们，给一家人做饭，煤炭炉子呛着烟，晚霞在背后烤着腰，汗流浃背直起身来，看见天空，就这一眼，就永远忘不了。几十年都是这样。

有段时间，厂里还放映《滚滚红尘》，方圆三公里的人都赶过来看这部电影。那时候，林青霞正红，家家户户贴她的海报挂历，商梅红也去看了，不过没看懂，林青霞好看，但是电影她不喜欢。

突然地，商梅红睁开双眼，没有一点迷糊就醒了，那样美丽的烟霞，并不总是出现在梦境，那是哪里呢？她想了好几天，才想起，那是和卿大河见面那一天的晚霞。

正是这连续几天的参悟，让她突然懂了什么，她开始觉得自己头发掉得有些多了，有些衣服的样式不太好了，家里也喷了一点空气清新剂。晚间去给女儿一家做饭的时候，就提到了要吃阿胶一类的补品。

小宝的微信每天都发来。

虽然他们一次都没有约成去吃饭，但是微信交流倒是越来越频繁。

"如果我生病了，你会不会一直陪着我？"

"两个人在一起了，就是一家人，如果你有什么不测，我一定会给你送终。"

"我就想有个谈得来的人，可以一起漫步在树荫下、黄昏中，谈生活，谈未来。"

"如果关系确定了，这些都不会是难事。"

"到我们这个年纪还谈什么在一起，各有各的子女、孙子。做一个知己就很好。"

每次聊到深夜一点，商梅红看见这种话就来气，既然不想好，又成天发这些干吗？影响自己睡觉，百无一用。

好几天商梅红没有再回小宝的微信。

等到下一次两人碰见了，小宝依然笑眯眯的，不计前嫌地问："你怎么不回我微信？"

"有事就打电话，看字累着呢。"

"我耳朵不好，大半夜的，电话里吼来吼去，影响孩子、邻居休息，也不好。"

"我也很忙,要做饭,带孙子,哪有工夫回你那些。"商梅红想,你就找个人聊天而已,何必耽误我时间,弄得像两个人要确定关系一样。

"你不要太顾着孙子了。老年人要有自己的生活,我们都是忙碌了大半辈子的人了。"

"我当然要过自己的生活,但是我的生活不是陪你大半夜聊天。"

话一出口,双方都有些尴尬。

"我这里有两张音乐会的票,我请你去看吧。柴可夫斯基的《天鹅湖》。"

"是享老会发的票吧?"

"怎么这样说?享老会虽然很高级,但是这种票,他们怎么舍得给?当然了,这些票对我不是大问题。"

商梅红看了他一眼,心想也不知是谁送给他的,现在来做个顺水人情吗?

"这可是柴可夫斯基有名的芭蕾舞剧,我们应该从烦琐的生活中解脱出来,感受艺术美。"

"艺术不是来源于生活吗?"商梅红戗他一句,"要欣赏艺术首先要学会生活。"

小宝讨了个无趣:"那你去不去?"

商梅红也不想跟他磨牙了,说:"过两天我要回岭上一号。"她特意说了岭上一号,没说二厂。她想,你说个高雅音乐,我就不会说个高雅名?

"你要带大伙去?"

"还不一定呢。你一块儿逛逛?"

"好吧,我陪你逛。"小宝竟然一口应允。

"怎么叫你陪我,我都去过无数次了。你来,就是我陪你。"商梅红有些恼怒地强调主次关系。

"挺好,你顺便给我当个导游。"小宝立即服软,满脸堆笑,"那音乐会呢?"

"你和别人去看吧。"商梅红有些赌气道。

"我把票给你留着,高雅音乐的票很难搞的。"

商梅红郑重地望了望他,怎么还非去看不可?

"岭上一号也不错,"小宝说,"有你这个导游在,我肯定受益匪浅。"

"要痛说革命家史,那是三天三夜都不够的。"商梅红恢复了一贯腔调,"你家里还有压缩饼干的罐头吗?"

"压缩饼干?那些老黄历早扔了。"

"是啊,我家的压缩饼干罐头也扔了,那些包装都是我们厂生产的。可惜可惜。"商梅红叹道,"我家里现在还有几个铁罐,是印有红楼美女的'红楼花茶'圆茶叶罐。那些印制彩画也是我们二厂制作的。这些老古董,外面收得贵着呢。"

"现在的岭上一号,也很不得了,他们也收集些百年阴沉木、汉瓦什么的老古董充充门面。"

"那叫附庸风雅。"商梅红不屑地说,"跟印制二厂有什么关系?"她想,二厂的壳给了岭上一号,那些空荡荡的厂房里,还有机器的余响回荡。最老的石印机、丝印机,也有喊哐喊哐的圆盘机、啪哒啪哒的快泵机,彩印机声音最小,哗哗哗哗。可惜现在都看不到了,搬了,全搬了。私家庭院,小桥流水,古琴叮咚,老厂房要换新皮囊,可是换不完,新一半旧一半,在山岭之上,长江静谧辽阔。只有她这个旧人才能感受到剥皮换肤的痛。

她开始谋划着去老家住一周,而这一周里,如何安排她和小宝的行程,又颇费了一番脑筋。几次下楼买菜或在享老会的时候,她便有意多跟小宝说几句话。

"过去那会儿工作,人都是立起的,没消停。为了校正颜色,工人得连续一周加班到半夜,每天只能睡上两三个小时,当睡个午觉。别小看那些火花彩画,平版的胶印比凸版的铅印更复杂,色彩的深浅靠纸面上的网点大小来体现。"

小宝一愣。

"这可不仅仅是印刷工艺,别不爱听,去岭上一号,就得了解这些革命家史。"商梅红看小宝不在状态,觉得更有必要提前给他上课,"知其然知其所以然。我也是在生产车间干了好多年,后来提拔了,调到办公室的。"

"哦——"小宝长长地吐了一口气。

这几日小区里的池塘浮萍泛滥,清洁工人正在打捞沉渣,渔网里的浮萍还是油亮生鲜的样子,远处不知哪家幼儿园飘来做早操的音乐,商红梅觉得他俩很久没这样好好说话了。

"你别说,我还回去看了看,家里还有十斤一张的粮票,真是你们厂印刷的?原来缘分这么早就有了。"小宝目不转睛地盯着晃动的浮萍。

"我们厂里有个蒋师傅,经常要用放大镜看网点的色彩需不需要调整水墨比例。胶印车间有个陈师傅,平时说话风趣,爱开玩笑,用放大镜照着别人看,边看还边说当时一句流行语——用革命的照妖镜看清阶级敌人的丑恶面目。结果有一天,你猜怎么了?该当他倒霉,他拿起放大镜,抽出一张,习惯性地说了一句'我拿照妖镜看一下呢',就糟了!他忘记了正印的是领导人的头像!"说完她笑了一下,又说:

"后果可想而知。"

小宝这才扭过头来看,也勉强地挤出笑容:"这些事情我们原单位也有。播音员把有领导讲话的报纸顺手搁碗底下隔热，一个小时后就被举报了。"他处变不惊地说，"都是些老掉牙的故事了。"

浮萍在清洁船的撞击下有些晃动，有的还撕坏了。"哎呀——"小宝发出了怜悯的一声。两人都呆看了一会儿，各自散了。

临到要出发的日期，一天傍晚，商梅红给小宝发微信："我要回去住几天，你自己带上几件衣服、身份证，那里住宿很多，我们可以多交流。"

"不用这么麻烦。"

"哪里麻烦？"商梅红赶紧回过去，"我不能让你住家里。我从来不带陌生人回家住。"她斟字酌句写下了这两句。

透过玻璃看外面的世界，被逐个点起的灯泡照亮，夜开始变得透彻。安排好这些细节后，商梅红踏实地去刷碗。

对方像睡着了一样，整整一夜没有再回话，这一句发出去就石沉大海了。此后，又整整一天都没有回音。那些夜晚连着早上，都充满了宿气、怨气，越来越膨胀，商梅红满怀期待地等着对方询问出发时间，也没有，她的心里渐渐悬空，最后就有些生气。等到了第二天晚上，她鼓起勇气给对方打了电话，但一直没人接听。她再次给对方留言："你去还是不去都放个屁!"又过了一天,还是没有回音,商梅红气鼓鼓地,收拾了行李,自己回厂子去了。

商梅红很少在微信中使用脏字,她有时也会不由自主地带出脏字,可是嘴上,说了便说了。他们这一代人嘴上都这么说,说了便忘记了,写下来的话,却有白纸黑字提醒着。又加上对方不回复,之前的气愤慢慢变成了忐忑。可是她又没说错什么,实在无须道歉。她给自己鼓气。

一小时经济圈就是一个隧道。本来是她和小宝一起进出,这样就避免变成鼹鼠,现在她还是一只鼹鼠,灰头土脸,这头钻进那头钻出,孤独依旧。她思前想后了许多关于小宝自相矛盾的话,觉得被这油嘴滑舌的老头骗了。

这么多个夜晚,陪着他发短信,按照他的要求一一纠正错别字,挖空心思用优美的措辞表达人生,最后搞得像作文比赛似的,导致商梅红一而再、再而三地反复检查,结果呢,除了换来无数个浑浑噩噩的早上,什么都没得到。让商梅红耿耿于怀的是,那种温暖要说完全没有,倒也不是,但是他们仅仅是像夜间里的花香,若有若无,飘过这家,又或许窜到别家去了,太阳一出来,夜来香睡去,不是她的依旧不是她的。

那些阴郁的夜晚,好像因为夜空里若明若暗的云彩,而有所不同,可即便你看得见星星,它明亮地照耀着你的床头,那又如何？也仅仅让人抒个情而已。如此想来，为了这些抒情的日日夜夜，自己又浪费了所剩不多的时日。既然不能相伴做个能共度余生的人，她有时候倒也希望时日走得快点，这样就可以不用守着孤单的日子，把那个缠了自己一辈子的人在天堂里又牢牢地握在手中，不管怎样，还是有个人可以期待。

现在，她怀着怨恨、怀念，忐忑回到二厂家属楼。

在岭街一号，那就是旧厂房所在地，黄葛树依旧苍老，枝条蔓延交错，从道路的左边缠绕到右边，密密匝匝地遮住天空，像过去的人生，密不透风却又无从说起，还好没有被剪掉、裁去，尚留下一段可供凭吊的遗迹。如今，这城市里能够凭吊的地方，都被宣传是好地方，被定义为璞玉，千千万万的年轻人怀着朝圣的心情奔赴而来，感受打造的过程，仿佛可以和城市一同涅槃。他们并不真正理解其中的含义，只有商梅红知道，这里，这其中的枝丫，藏着怎样的时间。过往的时间都躲在这里面去了。历史、青春，几代人被裹挟，被纠缠，混杂在这无数推陈出新的枝条中，你以为它只是一棵棵老树，撕开皮，拉开枝，都是惨不忍睹，又念念不忘的时间。

人老了，就容易怀旧伤感。所以商梅红总是笑嘻嘻地穿过这片黄葛树林。树下几个地摊依旧，出售着拨浪鼓、磨刀石、剪刀，他们不招呼也不热情，反正都是家家户户用得着的器具，有了需要自然会来买。

城市里的黄葛树不一样，它们总是被剪掉，露出树桩，几场大雨后，它们又吐露新芽，它们顽强的生命力只是换来更多的剪刀。好在老家的黄葛树还得以幸存。商梅红回到老家后，就开始马不停蹄地收拾房间。其实房间里没什么可收拾的，就是开开窗，透个气，拖拖地上的灰尘，天上虽然有彩云，但已经不是过去的彩云，红彤彤的一片，模糊了层次。

二厂，总是以各种层次分明的红色而闻名。

公路集资券、粮票、肉票、油票、糖票、烟票、代金券……在红色票证时代，它们是别人压在书里、文具盒里、枕头下的宝贝疙瘩，这些穿着花裙子的货币，不是真正的钱，却比钱更值钱。

还有那些四散的烟盒，蓝雁、巨浪、嘉陵江、迎春、金谷，都是二厂印的；成都、什邡、绵阳、西昌、利川烟厂的烟盒，二厂也印。哪家男人不是私藏着一堆，就像如今的男人随便就掏出各种银行卡。

琳琅满目的商标纸，都有千分之三的报废率。散落在车间角落里的，还有火车牌电池商标、红烧肉罐头商标、冰糕纸、月饼纸、包糖果的蜡纸、年历、挂历……现在想来，多多少少像招魂纸，预示着以后二厂工人们无处安放的肉身。可那时却高兴得很。

印废的版子常常被抱回去糊墙。墙上贴得花花绿绿的，家家户户都像新房。

老厂房本是灰色大楼，在商梅红退休前，黯淡下来了，像青春期发育失败的孩子，走上了一条歧途，终是惨不忍睹。市场经济后，二厂生意惨淡，渐渐地空了，机器也生锈。偶尔听见哪家哪户的孩子在号啕大哭，会突然地惊悸，那哭声也是灰色的，像旧厂房斑驳的墙灰，簌簌地往下掉。

现在老厂房像被哪家富人灌饱了几碗米汤，回过了神一样，又开始长大。几年不见，改头换面认不出样子了，有一种迎风招展的新人样儿，掩盖了过去，还有着旧时顽劣孩子的痕迹。

"哟，商梅红回来了，买点水果呀。"于周白招呼她道。

商梅红抬起头，看见了一月前和她起口角的顾晓红，她面无表情。商梅红飞快地扫了眼店铺，他俩的宝贝儿子不在柜台里面。

"怎么就你们夫妻俩守摊呢？"她对着于周白说。

"是呀。三娃去城里了。"于周白答道。

"进货去了？"商梅红随后搭了一句。他家三娃四十五岁了，还成天晃荡，不结婚不生孩子，就靠这一个水果店。

"唉,从今往后,就我一个老妈子守店了。"顾晓红抢过话头,掩饰不住得意。

商梅红停下了脚步。

"我就说我家三娃福气好,城里有个女人开了宝马把他接了去,这都去了两周了。"

"哦?开宝马?"商梅红看她左右环顾,有意无意地在透露什么。

"是啊,他女朋友,城里还有她一个厂呢,她接他过去享福。"顾晓红又冲着于周白说,那话却是说给商梅红听的。

商梅红撇撇嘴:"于周白,那你享福了,还卖什么水果,便宜处理得了。"她也懒得看顾晓红。

"那不行,老于,一码归一码。"顾晓红摇着扇子说。

商梅红懒得跟她争论,上次吵了一架好没意思,这次她不想多舌,径自走了。

老房子里还存留着过世老伴的杂物,比如书报、桌椅、少了盖子的整理箱,她也没舍得卖,也不想去翻动,得供着,供在封闭了的阳台上,密密麻麻堆齐到天花板高。两室一厅的房子不大不小,过去,他俩常在这屋子里吵架,从卧室到客厅到厕所,楼上楼下都能听见他们的声音,撕心裂肺,呼天抢地。现在,商梅红坐在客厅里,眼前都是他俩吵架的画面,这屋子里也曾这么生机勃勃,想着想着,她就掉下眼泪来,空荡荡的屋子里,现在连个说话的人也没有。

悲伤了一会儿,商梅红简单地弄了两个小菜,和着白米饭将就着吃了。没吃完的,用保鲜膜蒙上放冰箱里,还有几天呢,这些菜也不会浪费。

夜晚的时候,最适合去老厂散步,这样不至于看见那些墙上张牙舞爪的涂鸦。但是此时的夜晚和彼时已经不一样,商梅红刚进大门就嗅到了这股味道。来二厂玩的人不少,特别是那些酒吧,过去都是车间,现在霓虹灯一闪,还挺古怪的。商梅红在门口张望,瞥见墙上有赤裸身体的画,有店员看见商梅红,过来招呼她。小姑娘彬彬有礼。商梅红问这里是卖什么的,"金酒工厂。"小姑娘指了指灯箱"Gin Factory"。商梅红抬头一看,都不认识。

"我过去是这厂里的。我想进去看看。"

店员露出模棱两可的神色,说:"阿姨,进店是要消费的。"

"我就是这厂的退休员工,进去看看怎么了?"商梅红又加重了语气。

又有一个人走出来,拉了拉店员,商梅红估计他是管事的,自己就大摇大摆进去了。

"欢迎光临,随便参观。"这人一直跟着商梅红。商梅红只见空荡荡的屋子里，稀稀拉拉地放了几张沙发，墙上果真挂着些赤裸上身的男人，手里还拿着花，一些洋酒摆放在柜台以及客人的桌上。客人也用奇异的眼光看着她。

"我们现在打折促销，酒水一律五折。阿姨，这是我名片，如果您有朋友，可以带过来，我们给您打折。"商梅红看看递过来的小广告，硕大的"五折"两字，其余的英文她都不认识。

她知道这是让她体面地离开，她也得给人家这个面子。

"欢迎下次光临。"他们在背后殷勤地招呼。

二厂的夜灯火通明，商梅红逛下去的兴致索然消失。夜风断断续续，她只是站在曾经厂长训话的露天广场中，呆立了很久。她努力回忆那些集庆召开的情形，却是茫然，黑夜覆盖了一切，包括她的记忆。倒是周围有一些带着自拍杆的人来来往往，墙上还闪烁着标语：我恋爱，我自在。我就是2B青年。

"小丑！"商梅红吐出一句。

曾经，这里的标语都是"以厂为家，以业为荣"，大红的油漆字，看一眼都觉得活力倍增。现在，激情又回来了，对于这个乱涂乱画的文创公园，她心疼。一个老革命，古板是古板了点，但现在让他穿上一件马戏团的衣服，那就是不成体统。

下午淡淡的阳光洒在黄葛树上，路边的菖蒲发出幽幽的药味。

"唉，找什么找。我们这种年龄找老头就是找麻烦。我就从来不找。"二厂过去的工会主席安大姐提着菜篮子在过道口，春风满面，拉住商梅红说。安大姐年轻时就擅长给人做思想工作，经常在树荫下和人谈话，有时一边舀着搪瓷盅吃饭一边说，有时呢，还抱着刚刚吃完饭的搪瓷盅，一说就是一中午，这么强的女人又怎样，现在还不是一样住在老厂房的家属楼里吗？商梅红直到退休后才不羡慕她。老头子不是一样先她而去？她子女也没给她在城里买个房子。就这样，她说话的语气里，还带着过去的傲气，好像人人都有困难，没有困难，也要被她掏出点困难，再安慰别人，再鼓励别人昂首向前，她才满意。

都是带孙子的人，还逞强什么。背地里，商梅红也这样说过安大姐。

"你去了城里好几年，是不是在那边找了伴了？"安大姐又低声问道。

"哪有的事。"商梅红颈子往后一缩，提高嗓门。

安大姐拽拽商梅红："我给你说，我刚退休那会儿，很不习惯，怕自己没有事做，害怕整天待在家里。真退休了，结果怎么样,没想到事情一个接一个。"

商梅红想,你一个破居民楼里,能有什么事情,可她嘴上却说:"你比我还退得晚呢,有什么好怕的。我退休那会儿还出去打了几年工。孩子要上学,人也不能闲着。"

安大姐听了并不恼怒。"我跟你不一样呢,你是提前退休。我是正退啊,到我退休那个年纪,可不像你那样能干点什么。"安大姐说,"你是个能干人,也见了不少世面,儿女又有出息。"

这句话刚刚安慰了商梅红,不料安大姐又说:"我们这居民楼里,像我这样还能折腾点事的真不多。不过,风水轮流转,现在二厂起来了,盘活了,每天事情车轱辘转,哪有工夫找老头。"

"有什么事情?"商梅红想,你一个老居民楼的人,还能折腾出个什么花样?

"还不都是二厂的事。他们见我以前做过工会主席,对人事很了解,要组建什么老年合唱队啊,周末社区义演啊,让什么老有所乐,老有所得,连轴转。看到没?"安大姐摇手一指,"那栋楼,那栋楼过去也是二厂的,现在给一家公司做酒店了。'在隐居',杭州的连锁酒店呢。"

层层黄葛树背后,并不曾看见那栋楼。但是商梅红不用回头就知道,过去那是二厂的办公大楼,能在那里面工作的,都需要提拔和资格。安大姐当然也在那里坐过不少年办公室，吹着电风扇，看看文件，开开会，一直到退休。"坐办公室的。"技术工人们通常都这样说。

"脚手架都搭着呢。里面在做内装修。"安大姐一副知情的样子，"杭州的'在隐居'可有名了，一千多元住一夜呢。"

"这么贵，有人住吗？"

"人家就是打造高档酒店呢。"安大姐说，"二厂会越来越好的。"

商梅红眉头皱起，这句话她都说了几十年了，"做这些给钱吗？"

"有啊，不然我瞎忙活？"安大姐说，"以前啊，还真白操心了。船到桥头自然直。"

菖蒲的药味更浓郁了，有一株摇摇欲坠，大概是被盛夏晒蔫了。

"你看，我明天早上又要去组织他们排练合唱团，忙得够呛。建军节快到了，人老心不老，一颗红心到老，哈哈。小商，有事没事多回来，现在这二厂人气好着呢。你知道这条路，从二厂下去，一直走到沿江的步道，过去我们常走的那条聿怀路，现在不叫这名了，改成三层华丽马路了。年轻人叫什么，我们老年人也跟着走呢，可美了。"

安大姐看看手表,"你看,说着说着就忘记了时间,我得走了。"她一颠一颠地上楼梯了。

退休了的工会主席,嘚瑟个什么。商梅红抽抽鼻子。

"哎——小商,"她突然又招呼她道,"你一个人要懒得做饭,到我家里来,我请了几个老太太在家里吃饭,晚上来。"

"不用了,你们慢慢聊工作。"

"有啥工作可聊,凑个热闹,千万别当回事。"安大姐没有再挽留她。

商梅红听见身后脚步声咔嗒咔嗒,像一艘拖船的声音,拖着上岸时它们总是发出的咔咔声。很明显,那是一只旧船、老船,已经不适合再航行了,铁皮摩擦着礁石,那是它们报废的节奏。商梅红也把脚下的声音走得垮嗒垮嗒响。"哼,我才懒得跟她讲。井底之蛙。"卿大河的面容在商梅红眼前一闪而过。

11

烈日映射在幕墙玻璃上,绿幽幽的光像舌头,要把人连带命运卷进去。

商梅红打了个哆嗦。

红鸾婚介所在这个城市最车水马龙之地,弹丸之地就藏了十几个婚介所，看来想要寻找幸福的市场很大。红鸾婚介所的门面很小，不过并不妨碍它的热情。

要来的终究磨不开。

卿大河提前坐在那里，面色有几分着急。商梅红进门的时候对他微微一笑，价格没谈拢，不过并不影响他们二次见面，她也只是在婚介所的催促下应个卯，所以，她得端着。

"不行，不交钱，不能给你们双方电话。"中介的工作人员一口咬死。

"可我不是交了吗？"卿大河从座位上跳起来，"那你总可以把她的电话给我吧。"

"那怎么行，阿姨还没交钱呢。"他们两人都盯着商梅红。

"八千？太贵了，我不会出这个费用。"

"小姑娘，你要根据实际情况来，多少打个折。"卿大河道。

"我已经打过折了，最低五千了，可是阿姨……"她打住话头。

商梅红真有些犹豫，这两年，她没有在婚介所少花过钱，前前后后投进去几万了，还不敢告诉女儿。给女儿买菜，分是分，角是角，她可都记着账的，一分都不能少。在女儿面前她是一个斤斤计较的妈妈，然而对于婚姻，她只投入无产出，几年下来，一个成的都没有。这个卿大河虽然自己很中意，但是五千元,也只是买一个电话而已。商梅红算着这笔账,又开始心疼。

"小姑娘,这费用确实太高,还不知道成不成呢,也只是个初步接触。"商梅红一边说,一边感觉到卿大河那边投来的凉凉的注视,"你说要是成了,给八千,我也认了。"

"阿姨,八千元要促成一份姻缘,您就赚大了。现在谁也不能保证结果,但是呢,这是个机会是不是?好多人连这个机会都够不着。都说过了这个村没了这个店,这些都是血的教训呢。虽然说天下好男好女一大把,可是缘分的事情谁能说清楚呢,你们都是有丰富阅历的人,珍惜时间,把握机会,比我更有深刻的体会吧。"

商梅红看看卿大河,他急不可耐的模样,根本就不像上次见到他时那般磊落,他甚至都不知道给她递个眼色,这样她就可以在某处等着他。小姑娘呢,仍是咄咄逼人的目光,一副你不交钱我不交人的模样。空气中纠缠着火药味。

"这可不是一个电话。"小姑娘继续说,"这是一份姻缘。"

"姻缘?"商梅红看着卿大河,无助、无辜,好像他此刻正经历着商梅红的无情无义,正自怨自艾。他的模样倒真是好。就是最终不能走在一起,哪怕是陪伴一两个月,人生也会明亮起来。这一刻商梅红真动心了。

"可是我没有现金。"

"没关系，我们这里可以刷卡。"

"你知道我们老年人都是用存折的。"

"哪个银行？我可以陪您去取。"

商梅红又望望卿大河，他只是无辜地看着她。她多希望他能陪她去，但是他只是呆坐着。

"我是中国银行，附近有吗？"

"有的。"

商梅红抬起身，说："那你们等我。"

走出红鸾婚介所，各种银行林立，红绿灯，斑马线，商梅红停下来，她下意识地往身后望望，没有人跟过来。这里的婚介所她都很熟悉，每一次她都兴冲冲地交钱，背着女儿期待着一次美满的关系。那种幸福就像挂在高楼之巅，那么近又那么远，好几次，她觉得人生是被掰成了两段，腐朽的那一段被她扔掉了，新的这一段，在这车水马龙之地重新开始。因为这是新的开始，她也不觉得自己已经老迈，而是正在开始一种新的体验。从来没有觉得人生可以这么崭新。

但是绿色幕墙反射的阳光刺痛了商梅红的眼睛，她流出眼泪来，一直走到地铁站台，等到开往家的地铁到达。她听见手机铃声一直在响，她没有接，让它一直歌唱。一直到小区，她绕到水池的一个亭子里，摸出手机，回了过去。

"我的存折丢了。"

她稍稍为自己的这个谎言感到心慌。人老了就怕各种预言，有心的无心的，藏在你不小心说错的话语里。但是她又摸了摸皮包里的存折，还在。她想去换个密码，毕竟说了这么不吉利的话，得破破邪。

12

像打了一场没有胜诉的官司，耗费心力，人困马乏，秋天太短，冬天千军万马地就来了。大家都在准备过年，参加享老会活动的人也渐渐少了。商梅红还在坚持参加，毕竟女儿交了钱，不去就是糟蹋钱，多少还能学点手艺。

空空的会场中，零星地摆放着几个果盘。授课老师说，过节了，这是专门给参会者准备的福利。福利不大，但也暖人心。香蕉、苹果、桂圆满满装了几盘，商梅红一边吃着桂圆，一边看着众人。玻璃被摇得哐当当，预演着节日的气氛。

去的几个人，都在谈论即将和儿女去哪里旅行，越南、缅甸、柬埔寨，热带风情、远航海景，都是商梅红没去过的。夏天的时候，享老会的老胳膊老腿们还在热烈地讨论要去岭上一号,让她做导游。现在,"那不过是旧城改造中的一个样板",不知是谁的一句话,让商梅红无言以辩。

树叶不经老,摇晃着,掉了,枝头没剩下几片。冷空气呼啸着擦过天空,枝丫便瑟瑟,撕着挂历,春节就要近了。

腊月二十八,家家都在炸糍粑,金灿灿的,浸着菜油香。商梅红看着这刚捞上来的吃食,想起小区里有一个老头笑眯眯的样子,就跟这糍粑一模一样。她看看天,依旧灰扑扑的,快过年了,天大的怨气也该翻过去了。

商梅红把糍粑放在餐桌上,在围腰上略微擦擦手,就去书房拿了 iPad。

好像小宝就一直守在微信那头,很快就回复了过来。

"过年好!我大年三十、初一都在女儿家过的,初二到初五要跟着他们去旅行,初六孩子要来家里拜年,初七弟弟妹妹要来看我,你看都排满了。要不春节过后?"

每一个字都敲得精打细算。

商梅红愣了半天没回过神,手里还油腻腻的。春节过后?那还叫什么过年?那一碗糍粑还搁在饭桌上,热气消散。

外孙夹了一个塞在嘴里,两口就咽了下去。

"外婆,好好吃。"他冲书房里的商梅红嚷嚷。

"慢点,那是糯米,吃多了不消化。"女儿嘱咐道,"要细嚼慢咽。妈，你也来吃……"

商梅红背过身去，铅色的天空，像硕大的橡皮擦，擦去了她脑海中怒火中烧的词语，只是一片模糊的愤怒。

13

山茶花开了两茬，冬天就结束了。但倒春寒威猛。寒从脚上起。商梅红唠叨着"保暖保暖"，天天炖着红枣银耳汤，给一家人驱寒。

"过去，你那死了的爸，最爱喝红枣汤，说醒酒。"商梅红念起二厂的日子，房子虽旧，但一家人在一起，想着想着，眼角就红了。

"嗨，我爸每次都醉着回来，你最爱学他打醉拳。"女儿在一旁解围，"妈，你说，是不是？"

"是啊。"商梅红擦一把泪，"我学给你看。"说着比画起过世老伴醉醺醺的姿势，一家人笑得前俯后仰，小外孙更是笑得跳起来。商梅红又多比画了几下，突然就坐倒在地，这一坐，疼得她呜呜地哭起来。

往日的埋怨、生分、情意，都随着眼泪哗哗地流了下来，没了止境。这几年在各类婚介所里投下的钱，连个泡影都没有，好像只是认识了一些面孔，接着又是一连串的莫名其妙的失眠，如今想找个一块儿过节的人都没有。她不觉又号啕起来："千个不如先个！"她嘴里嚷嚷，"你爸这辈子对我不好，都是你爸害的我。"

红枣汤喝了一半，枣核太硌牙，商梅红又放到一边。

"你爸总是带人参观车间。"商梅红絮絮叨叨，"那时的印刷三巨头，就有我们二厂。一厂叫书袋子，主要印教科书；二厂叫钱票子，主要是各种票证、彩面装潢；三厂叫路牌子，主要印笔记本、卡片、信封、标签、标语牌。相比之下，我们二厂实力最强。"

她重复着老黄历，眼泪已干。

"有一次，你爸陪同市里领导走进车间，市领导说，这就是印刷机博物馆嘛，很好很好。"商梅红抽了下鼻子，"没想到这句话，就成了我们的结果。我们现在都进了博物馆了。"

"你哪里是博物馆，你最多就是个老黄历。"女儿调笑她，"现在流行复古，人人都爱看老黄历。"

"那时候二厂的印刷机很多，逢人就会来参观。有最老的石印机、丝印机，也有喊哐喊哐的圆盘机、啪哒啪哒的快泵机。彩印机声音最小，哗哗哗哗。"说完，她又怅然地定在那里，竖着耳朵在听角落里的"哗哗哗哗"。

女儿捏了捏她的手。

商梅红提了一下脚,脚底有点灌风。"这红枣也有点酒味儿呢。"她拍了拍裤管,这条长裤原是老伴的,卡其布,花了一百元工钱让裁缝做的,都没穿满一年人就走了。商梅红舍不得布料,自己又就着剪刀,踩着缝纫机给改短了。好几次都觉得它过于肥大,只能在家里做粗活时穿穿,但走路依然绊脚。"我都瘦了。"商梅红拍打着自己的腿,"到这个时候你还给我使绊子。"好像裤子里有个人,她拍了半天没拍出来,只好嗔怪。

空气清冽,带着一股潮湿,蛰伏在车前草上,结上了露珠,花贩推着板板车上的瑞香、迎春、水仙沿路叫卖,春天就一路被载着,推到了眼前。

这个季节,各种宴请的消息多了。

于周白去世的消息也混杂在其中,突然而至。流畅的春之曲突然跑了调,众人惊愕地抬起头,不知道这杂音从何而来,有人及时扶正了唱针,生命之曲又盎然前行,唯独被打了岔的商梅红继续失神。

"怎么会这样?"她问电话那头。虽然于周白和她交情不深,但毕竟是二厂的老同事,走一个少一个。他们这拨人,都是在阎王老子那里挂了号的,朽了,老了,坏了,不知道下一个被叫到的是谁,这二厂的一口烂牙,迟早都会一颗颗被拔光的。

安大姐在电话那头絮絮叨叨："你说有的人就是走得莫名其妙，就因为洗了一次头，贪便宜坐了一趟摩托车，这一趟估计是受了冷气，回到家就哼哼呀呀，最开始喊头痛，后来全身不舒服，家里还当他是感冒了，盖了厚厚的被子，喝了姜汤，哪知道，没两天就断气了。"她叹了一口气，这样的事，放谁谁都不相信。

商梅红也不信，可安大姐的话，不能是假的。

"能来尽量来，虽说有点远，都是一小时经济圈，坐一趟地铁就到了。"安大姐又拿出工会主席的腔调，"你和顾晓红的关系，我们都知道，但人死为大。把孙女的事情安排一下，家里的困难克服下。"

搁下电话的时候，商梅红心酸。不为于周白，为顾晓红。那个可恶的女人以后就更可恶了。年轻时她以生三个儿子为荣，人前人后说话都气高三分。后来呢，他们浑浑噩噩长到了中年，三个儿子，要么离婚，要么膝下无子，要么光棍一个。二厂垮了后，四个男人一个女人拥挤在家属楼里，更显龌龊。好歹有个于周白好撒气。现在这三个男人，顾晓红是想管也管不了，瘤子一样长在身上，割也不能割，割了就病发身亡。

"不想去就不去吧。"女儿看着母亲的面容，劝道，"生老病死的事情，还是少看为妙。"

商梅红摇摇头。她不想去,这些年,参加了多少次葬礼。

"当然了,如果你想去老厂转转,看看老同事,我陪你一块儿去。"女儿又说。

老态龙钟像是浮肿的过去,尽管人们穿着厚重的衣服,还未脱下,但风已不再凛冽。小鸟啁啾,难辨方位,冬日的残景还没完全消退,目之所及都是光枝丫秃树干。春日就是给人幻觉的时刻。好像来了,好像未尽。那么鸟儿在哪里呢?

菟丝子从天而降,泄露着过去这里葳蕤如森林的气息。

商梅红踏上了悼念的行程。

于周白的灵堂就设在二厂的家属院里,用钢管和塑料雨布搭了一个棚子,哀乐重复响起。紧挨着家属院的是二厂过去的十三号仓库,现在已经变成了独栋茶楼。底楼和三楼都外接上了玻璃房,高高在上,注视着人间大地。

"这几年送了好多人走,这个小区都快变成殡仪馆了。"几个老人在那里嗑瓜子,有一搭无一搭地聊着。

顾晓红眼圈红红的,每来一个人,都要点个头。商梅红把礼金递给她。"节哀啊。"这个样子,她也不便多问。顾晓红张嘴想跟她说说什么,商梅红只是把她按下坐,"不要太辛苦了。"

这些话说出来,好像她俩的过节就被一笔勾掉了,商梅红也感到如释重负。她没有继续陪在顾晓红身边,自己凑到了一桌打麻将的老同事处。他们仅仅是给商梅红点了个头，眼和手都在麻将牌身上，看样子已经来了很久了。陆陆续续有人从灵堂边经过，扫一眼里面的景象，又匆匆离开。

"以前走得早的，还可以埋在厂区的林地里，现在都不允许了。你们选好地方了吗？"不用抬头，商梅红就听出了是安大姐的声音。

要是自己哪天死了，女儿会不会也在这里给自己搭个塑料棚子呢？想到走得这么寒碜，心里又有些酸酸的。

"得埋在公墓，要花不少钱。"安大姐坐到商梅红身旁，说着于周白的后事，"来，吃瓜子。"她像个主人家。

"不了，牙不好。"

"你们家老棠当年就埋在这后面吧。"安大姐嗑着瓜子，"还是你能干，那时候都已经管控了，你还能想办法埋在这里。唉，我们百年以后，都是去公墓。"

"为了修那墓，我当时花了多大的力气。"商梅红实在忍不住了，顶了一句。安大姐竖起耳朵，准备听下文，商梅红说："这瓜子不好吃，潮了。"

冥币纷纷，穿过黄葛树叶尖，飘向一团阴郁之中。商梅红看见三娃在一片香火弥散中来回张罗客人，除去皱纹，眼袋浮肿，胡子拉碴，他真和小时候没什么区别。

"回来多久了?"

"很久了。"

"你妈妈说你去城里了。"

"这里毕竟有个店铺,是生存之本哪。"他叹道,浮肿的眼袋像装满了一生的垃圾,灰烬扑闪着飞到他们的桌上、天上,顾晓红的哭声突然像拉坏了的二胡在耳边响起来,几个好心人跑过去搀扶,但拉扯不清,背影乱成一团。

"把她扶回去,把她扶回去——"有人在指挥。

哀乐的音响不知被谁突然开大,灵棚里的几个人坐立不安。铜管声越来越响,越来越沉重,想要拖住每个人的腿。商梅红仰头张望,"那边可是玻璃房子——"她用手指指灵棚以外,那是一户全玻璃打造的茶室,旁边开着繁盛的三角梅,洋洋洒洒地倾落下来,那娇艳的红色对涌动的灰烬熟视无睹。

一触即发

1

模仿对清明来说并不是难事，就好像从小拿筷子吃饭一样，闭着眼，也不会把菜送到鼻子眼里。但一踏进国际展览中心的展览会会场，清明还是有点走错门的眩晕，因为展会门口放了好宽大的一块攀岩壁，别人告诉他这是联洋集团的展台，清明摇摇头。他又想起他模仿过的那些石头，他曾经或抱或靠地试图和它们演绎一些故事，虽然结果鲜有喝彩。但是今天，这个看上去和往常没什么不同的周末，他的合作对象难道是电脑？可不就是电脑。主办方都跟他交代清楚了，烘托、配合、销售，就领钱。清明下意识地挠挠腋下，努力回味这句话和眼前的现实有什么瓜葛。

攀岩壁有五十米宽与高，墨绿色的装饰背景，近看却是锡箔纸粘贴的，装饰得惟妙惟肖。这个展台如此引人注目，产品的身价自然不菲，未来先锋、天慧、天禧 II 系列、P4，都是联洋的家伙,清明看不懂这些,一看这些文化人玩的高档产品就眩晕。不过,好在他记住了自己是联洋的雇员,周末临时工,这就够了。其他商家也纷纷陈列出产品,拉派出自己的促销手段。好在只有联洋一家安排了活雕塑这个节目,也还抢眼。

清明化好装后,就很敬业地往产品边一靠,做一个姿势,开始了一天的工作。十点半是上午展会的高潮,驻足活雕塑前的人越来越多,大胆的顾客还上前捏捏他。清明也不死板,他走上前去,往观众身上一靠,有点亲和力,又有点轰动效应。怎么说联洋集团的活雕塑节目,也要比海蓝集团的大头娃娃来得出众。大头娃娃式的节目都搞了几十年了,从春节的传统游园节目沦落到如今的街头杂耍,不仅可悲可怜还可恨,也难怪观众不买账。不过清明的这份工,还是大头娃娃给介绍的,所以清明会在展示活雕塑的过程中,走到大头娃娃身边表示感谢,然后两人一起摆个姿势,这下就更引来别人的一片注目。不过喝彩声也引来了片场经理的不满,总会不失时机地拉清明到攀岩壁附近,提醒他继续为那些产品演绎。

下午两点是今天最后一个高潮,所以清明要多吃点饭,以备精力充沛。

上午的表现还不错。片场经理很客气地赞扬了清明几句。

今年不景气了。大头娃娃趁着间隙,跟清明套近乎。

什么？清明的耳朵还在那片音乐声中没缓解过来。回头看看油彩有些掉了，饭后还要去补。

前几年还有些大网站来展台，人家才叫阔绰，动不动就送东西，现在不行了，一个笔盒、一个鼠标垫，小家子气。大头娃娃一副老江湖的语气，摇着头说。大头娃娃的扮演者是个在校学生，趁周末出来打工，对电脑器材很是感兴趣。清明有些奇怪地问，你这样也能挣够学费？大头娃娃做了个不屑一顾的姿态。打工呗，哪里有钱就去哪里打工，饿不死来事的人。清明点点头表示赞同。又看看自己的肌肉，来事吧，饿不死来事的人。他也在心里默念了一遍。

午饭的时间很短，大伙继续开工。清明只有十分钟的补妆时间，好在电脑城不如艺术展那么正规，妆彩上也可以不用太讲究。邻间华踔集团的促销小姐也在补妆闲聊，她们在上午跳了几支拉丁舞，下午还要继续。有个女孩很轻佻地把腿跨在清明的腿上，说，大哥，你今天比我们还跩。清明讪讪地笑笑，想掏心窝子，又怕她们嫌他老，就在清明这么犹豫的时候，她们已经有点嫌弃的神色了。清明估计这些女孩的年纪应该和那些艺术学院的学生差不多，只是有些卖弄的世故和火气，惹不得。另外一个女孩挑起清明的下巴，戏谑地问，怎么，你是演哑剧的？清明说，差不多了，活雕塑一开口会吓死人的。三个女孩没防着清明的幽默,愣了下,又都张狂地笑起来,她们在大笑的当儿又迅速转换到另外的话题上了。清明想,她们可能不是艺术院校的,不然怎么会不认识他呢。

2

卸装是件麻烦的事,尤其是黄枚不在场的情况下,一个人就像套着链子的猴子。展览结束后,片场经理就把工资结清了,一共六百元,并承诺下次如果有活动一定会再次请他。大头娃娃偷偷告诉清明,联洋多半不会请了,因为他们总是希望玩促销花样,不过可以借此机会和其他商家保持一种联系,看今天这个势头肯定有人跟风。清明心里感激,表示愿意请酒致谢,大头娃娃摇头说算了,他今天晚上还要跑一个场子,下次有机会再聚。散去的广场满是金粉银屑,空气稍微一流动,它们就跟着跑起来,一滚二二滚三的,没完没了,保洁员似乎很憋气,不骂脏话,也不劳动,立着扫帚,死瞅着地面。清明一个哆嗦,马上给黄枚打了电话,哄哄哄,吱吱吱,黄枚那头声音嘈杂,仿佛喧闹了两天的电脑产品展销会已经转战到她那儿了。清明尽量保持着好心情,说,小黄,我回家了,你过来帮我卸装。黄枚高叫,这么早就完了?他们都没请你吃饭?清明受不了她尖厉的声音，没好气地说，累得很哪，你在哪儿喝酒？快点过来。黄枚还是尖着嗓音，不如你过来吧，几个记者朋友。清明有些生气了，满身油彩让他很不舒服。我要死了。他冲着话筒嚷道，就把电话掐了。

不到两分钟黄枚的电话就打了过来。我怕你了，行吗？这下又要得罪人家了，我打个招呼就过来。说完，就收了线。

装是黄枚上的，这场清洁工作自然也要黄枚来做。清明不是不会卸装，只是有些懒，等待的时间清明就朝镜子努努嘴，扯扯脸。他并不满意今天的表现，如果要打分的话，他想顶多就是六十分，除了上午和下午的两处高潮外，他自己都没什么精神，因为片场经理对他说，他今天的表演主要是销售，如果能把那些产品送到顾客手上更好。但是清明这样做的时候，反而让那些观众反感。其实，清明最想展示的还是他那些肌肉，那些他自认为是艺术品的肌肉。凹凸有致，是他辛勤劳动的杰作。那是比电脑更金贵的东西。

清明又对着镜子做了几个表情，完美，他在心里暗念，如果镜子能够实时拍摄就好了。墙上挂贴了百余张大头照，各种表情的，不留神还会把它们当成是映象连环画。这些照片有的是学生拍的，有的是艺术照，全部陈列在墙上，倒有一种不断的自得和欣赏。清明又走到照片面前，喜怒哀乐各种表情应有尽有，熟悉极了，他闭上眼睛都是这些表情，像深深印刻在他脑海里一样，又能够准确无误地反映出来。清明又对着几个照片做了表情。

墙角是一副十五公斤的哑铃，清明走过去，不由自主地提了起来，这已经成了一种习惯，只要看到，他就一定会去提。镜子里还是那个完美的活雕塑，充满了力量与美感，有谁能看出这是个五十好几的男人，这三角肌，这小腹，紧凑结实，连健身房的老板都说像个三十岁的小伙。清明现在是健身房的常客，和老板混熟了，相当于半个教练。老板说，你就是我们店的活标本。清明是喜欢他这身肌肉的，他的身体就是艺术品，他不需要用其他方式展示什么，只展示自己的身体就足够了。不管每天消耗了多少体力，他只要来到墙角举举哑铃，就仿佛又能看到初升的太阳一样，崭新的激情又涌动出来。黄枚在十五分钟后出现在清明的小居室里，还提着三个快餐盒，清明心里有些感动，黄枚到底还是心细，不过他没表现出来。

黄枚，我昨天做了个梦。清明面不改色地走过来，坐下，将饭盒子腾出来。

黄枚看了他一眼，并不接话，她讨厌他现在这样，一把年纪了，还跟小青年斗心眼。

你猜怎么了？他尽量让自己声音平和。

能怎么了，我又抢你钱了？她现在连跟他说话都嫌多余。

你一猜就中。你把我的钱抢了，跑得远远的，把我急坏了。清明比画着着急的动作。

行了，行了。都说好几次了。她不耐烦地站起来。

你说我这人真的小心眼，对谁都信不过，咱们这么好，你说……清明走到她背后。

是呀，你对谁都信不过，尤其是女人！黄枚转过头来，没好气地说。你吃好了，喝足了，就睡吧，我晚上要回学校。

怎么，你不陪我？

你明天还要坐课时，别闹了，再说我今天真有事。

黄枚，你说人活一辈子为什么？他说这话时，并不十分严肃。

你问我？你都活了一辈子还问我？她看见清明的脸色黄黄的，不知是油彩没洗干净，还是光线的作用。那些更尖刻的话，想了想，没说。

就是问你啊，问问你的理想，你的目标。

怎么反复问这些？

说说，说说。清明一边啃着黄枚带来的鸡腿，一边努着嘴，显示出很感兴趣的样子。

好好学习，天天向上。

扯什么淡,你这人吧,就爱瞎糊弄。

什么瞎糊弄,我又不是你的经纪人。关我什么事?费力不讨好!

清明眯着眼,像打量一件易碎花瓶一样地瞅黄枚,嘴里咂巴咂巴,那些黄枚想听的话,就这么被他咂巴咂巴着嚼碎了,随着鸡骨头吐落在了地上,发出嗒嗒的声音,骨头之外的意思却纷纷掉进了黄枚的耳朵里。黄枚剜了一眼,眼睛落在墙上的照片上。

3

清明是艺术学院里最好的模特,光比耐力就数第一。不仅如此,这位模特还特别富于表情,他的身体里总有种力量,让人误以为他以前就是搞表演的。其实不然,清明根本就没有什么艺术细胞,这之前他不过是个小学体育老师。人生总是有很多机遇,清明不知道自己的机遇应该归结为自己良好的曲线还是那帮学画的孩子,总之他就让他们画了,画了就画了,没想到还画出了名堂,一个学生的画被评了奖,各大媒体发文捧场"有张力,有激情",作为模特的清明也终于在自己的有生之年走出了那个黯淡的小学操场,成为一所大学艺术学院或临时或正式的模特。小学体育老师的身份对清明而言并不耻辱,今天的一切怎么也该得益于这个身份,尽管今天的一切并不得意,但还是有些始料未及的惊喜。

　　清明的前半生可以说相当平淡,甚至,在别人眼里还有些败落。像清明这样勤练身体的人,在小学教职工中不多,可惜勤奋有余天分不足,他连市级运动员都没入选,好在他这一健朗的体魄颇有吸引力,清明决定培养自己的苗裔。也不知是幼苗选得不好,还是耕者不力,这些经过筛选的种子竟然没有一个扎根到国家级运动员这片肥沃的大地上,最好的一个被选送到了省级,后来听说家人不愿意,要孩子吃文化饭,就给硬生生地退了。多少有些讽刺。但清明照样乐此不疲,依然从二年级开始到各个班上物色种子,拉着孩子们长跑,自己也在一旁弯腰压腿。四季里,清明就着一套运动服,四处走走,热了,露出他黝黑的肱二头肌,仿佛那里藏着一触即发的激情。尤其是行走时,饱含着力量和健康的起伏。他喜欢展示身体,就像父母喜欢炫耀得意的孩子一样,那是他唯一的孩子。

　　尽管清明朝气蓬勃,天天向上,但婚姻却迟迟不肯光顾,等到同辈人生子养女了,才有一个女人来共结连理。这场婚姻来得悄无声息,连同三年后的无故散场,也没有人知道为什么。当事人反而一副事不关己的样子。马照跑,鸡照跳。清明不悲伤不急躁，像个辛勤的农民一样，固然是往年受涝受旱，并不影响他耕耘的勇气，种子照样选，照样播，直到来了一帮写生的孩子，就画了他，生活出现了契机。

出了名的孩子把清明介绍给更多的人，清明也顺带出名了。但是现在的人出名就跟蚂蚁出洞一样多，活雕塑清明一把年纪了，不像年轻人那样跟风。不过自己的生活还是有些小小的变动，这个小小的变动就是黄枚。

黄枚也是艺术学院的学生，也给清明画过素描。清明喜欢跟学生在一起的感觉，浸淫久了，也有些感悟，休息的时候他会问，刚才这个动作这么表现如何，或者自己又设计出一个姿势。清明从老师和同学那里知道，原来自己有股天然的艺术气息，这比那些天资平平而勤奋学习的学生来要可贵得多。虽然清明对艺术的领悟只局限于自身，但这并不妨碍他琢磨艺术。同学们都觉得清明是个老小孩，开始的时候叫他清明老师，后来干脆叫他明哥了。清明乐意，也喜欢别人赞扬他的肌肉，敞开胸膛让别人去摸。同学们就说，明哥是个好模特，应该有更好的发展。他被路上塞广告的拉进了健身房，不需要推销员多费唇舌，他就自动迷恋进去。清明爱上了健身房，爱上了一切跟艺术沾边的活动。

黄枚是艺术系的文艺部部长，生就一双慧眼，偏偏画画不是专长，她的心思在别处。黄枚说，明哥，你这身体真棒，比那些搞行为艺术的好多了。清明说，我不搞什么行为艺术，也不懂，要搞就搞形体艺术。黄枚大笑说，明哥真是与众不同。清明知道黄枚的来头，就说，你看我这副好身材，总想做点什么。黄枚说，真该做点什么，否则就是暴殄天物了。清明的眼睛就眯成一条缝，眨巴眨巴地笑，心里想这小丫头还真是的。黄枚也笑。清明说，来摸摸，看看多结实。清明说着就鼓起胸大肌，硬得像两本精装书搁在皮肤下。黄枚的手放上去，眼神就化成一摊水了。

4

活雕塑个人展并不是首创，但是在大学里这样的先锋行为还是能赚不少噱头。黄枚最擅长的就是搞策划。黄枚说，明哥你别紧张，总之到时给你全身涂黑，你就尽管和那个雕塑拉手拥抱就可以了。清明说，好像太简单了。黄枚说，意义深远呢。你想，雕塑是死的，你人是活的，只要你一动，故事不就有了吗？还有人串词呢，这就是你的个人专长。你出了名后，低俗地说吧，一些商业活动会请你；高雅点，就到处举办专长表演，拉赞助。你的余生就不愁了。到时可别忘了我。

与罗丹同台表演的事情，很快就在艺术学院里传开了。给清明画过像的、没画过像的，都纷纷支持他。他们还借给清明一些关于艺术的书，带他去观摩罗丹的雕像。黄枚得到学院同学的支持后，在周末例会上公布了这个方案，并且按照分工招聘相应的人员，比如剧本、剧务、外联等。声势浩大又平安顺利，校广播站提前预告了这次活动。黄枚发动了几个主要学生会干事去拉赞助，这几个干事家境优越，目标自然是经营一方生意的家长，作为总策划的黄枚联系了几个吃媒体饭的师兄师姐届时捧场，拉着清明去拍照，总算有一家国产胶卷公司出三千元赞助。雕塑问题不大，和院办老师说一下，清明就可以获得每天两小时与罗丹艺术品同台表演的机会。

　　清明的小居室明显是少了女人的混乱，即使黄枚有时来，也并不帮他收拾，不像普通女人一样心怀怜悯。不过黄枚每次来都是兴致勃勃地，激情澎湃地讨论活雕塑展览的事宜和前景。她说，明哥，你这下火了，我也跟着火了，我还第一次筹办这么大型的活动，以前那些都是小打小闹。不过没以前的小打小闹，也没有今天。黄枚把两人关系说得越近乎，清明就觉得越疏远，一会儿是拽着清明在跑，一会儿又想甩开他，嫌他拖后腿。清明眼前的这个黄枚已经不是普通大学生了，她的口气和野心直逼他的胸膛，清明有点莫名的担心和恐惧，具体是什么，也说不出来。前两天台湾某个文化大师来艺术学院做演讲，清明被学生们带动去听了。人家说的什么？文化大师说，我喜欢跟年轻人交朋友，可是年轻人总觉得我丑，有一次，一个年轻朋友就说，你怎么长得这样丑啊？我说那是你不懂鉴赏，不过要是你有鉴赏力了，我就不找你了。清明没有跟着台下的学生瞎鼓掌，但在心里他觉得这人还很有意思，说得有道理，要用框尺来量的话，黄枚就当属有鉴赏力的，没男人敢找。但是他们还是睡了，没什么天崩地裂。第二夜，黄枚就说，感觉咱们像老夫老妻一样。清明就觉得这小女生厉害，经她这么一说，好像自己也有了这样的感觉。黄枚支着胳膊说，这样的感觉不好，坏大事呢，我们应该互相帮助，互相关心，尝也尝过了，就到此打住了。

搞艺术的人都爱谈点什么热爱，清明开始还不理解，跟这帮学生混久了，觉得自己也熏陶出来了。但清明不说热爱，这词太严肃，总觉得跟政治有什么牵连。可他能体会这种感觉，把所有时间精力搭进去，都觉得欠的那样东西揪着心窝子朝它奔。——清明这奔的方向，就是他的这副好皮囊。现在就是这身皮、这身肉，要着清明的命一样地爱。他的爱，是张扬的、裸露的，拽着别人眼光瞅的。他是虹乐健身房年纪最大的一个会员，摘除上衣，坚硬的、白皙的肤色就像是枯水季节里袒露的光洁岩石,让人惊诧原来这平顺的河流下竟然藏着这么多的内容。只是他的头发和鬓角斑白,引起了其他人的关注,这也是清明坚持不染发的原因,别人越羡慕他就越高兴。他乐观地和每个人打招呼,意气风发,胸膛里蹦跶的是二十岁的心。人前的清明非常快乐,不仅自己快乐,还要把快乐感染给其他人,看见别人不高兴了,他一定要上前去逗人家乐一乐。他并不是真心的,可是他做得就跟真心的一样。有他在的地方就笑声连连。有时健完身后,他也不穿上衣,就把上衣往腰上一束,赤胳膊打光背地出去了,不管周围什么眼光,清明都把他们看成羡慕和嫉妒。他喜欢活在这样的眼光当中,被聚焦的感觉真好。

活雕塑展览如期举办。当天引起了学校的万人空巷。校报、校电台、校电视台纷纷到场,轰炸式地报道。礼堂内人头攒动,虽然不时有笑场的,也有人中途退场的,但总体还是不错。表演结束后,是主创人员和观众的交流时间,清明黑着身体,频频向观众招手致意。因为事先有所安排,交流会还是比较满意,只有个别同学说没看懂。然而本市的教育频道播出该新闻的时候,只看出观众的狼狈。这条新闻三十秒就结束了,报道说反映不太好,因为缺乏故事性,所以价值不大。新闻就是新闻,永远跟着时间的潮流跑,昨天的事情很快就被今天的新鲜事所覆盖,凡是发生的事情无一例外地朝着遗忘的角落奔去。

临摹课依然进行，清明是学院里的艺术名人，只要他做模特的时候，门口就会有人围观，不过都是一些学生，等待着和他说几句话。休息的时候，清明就冲他们笑笑。有学生眼红说，明哥，你要是二十来岁的话，前途就是一片光明。另外有人打断他的话说，瞧你说的，清明哥现在就开始星光大道了，现在就挺有噱头的，不过需要和外界联系才好。每到这里，清明都会谦卑地说，是呀，我和你们不一样，不能总在学校里混吧。学生就说，不如问问我们老师，看看他有什么关系。

找谁都不如找黄枚关系稳妥，知识分子都太不靠谱，女人例外。清明说，新闻就是过眼云烟，看不看都得忘，最好整一个能记得住的。黄枚说，要不去和乌头剧院的老板联系一下，看看能不能在那里租个场子表演一下。清明说，行，这事就交给你了。黄枚就不高兴地说，光交给我不成啊，你自己也得跑跑，再说现在就这么等下去，没准你这活雕塑的菜就凉了。

联系电影院的事情并不顺利，黄枚找一帮哥们成天吃饭，见面就唠叨，一把年纪了还真以为自己是摇钱树呢。哥们就安慰她，谁叫你这么能干呢？黄枚撇撇嘴。

活雕塑的风光转瞬即逝，清明很有点不甘平淡的焦躁，他找到黄枚问，你每天都在打通关系，怎么一点进展都没有？黄枚不屑一顾地说，我这是前期投入呢，上课都没这么积极过呢，我旷课缺课还不都为你，真是好心没好报！清明从黄枚那里读出了不耐烦，这丫头以前还说着"互相关心，互相帮助"呢，他觉得自己太傻了，他妈的对她太好了。他有几分恶从胆边生，要给她好看，可一时又没想到具体的损招。

5

日子还和平常一样过，一周总有两三天到学校里坐课时，有两三天去健身房，还有临时的一些商家促销活动。有空的时候，清明去找过电影院的老板，老板对清明的展览挺感兴趣，但是谈到具体安排时间却面露难色，影片的档期都还不够排的，不如去小戏院试试，那里可以出租场地的。到最后，愿意出租场地的是几个落魄的小戏院，租是可以租，但是不知道宣传怎么做。

五月的天，有些反常地骄阳似火，连续几天来的空手而归，让清明很不是滋味。步行街上人头攒动，梧桐树的新芽已经抽完，他走在其中，突然不知道自己想要什么。百货商店的门口立着几个等待下力的民工，赤着胳膊，吹着嘴壳子。清明鬼使神差地走到他们中间去，玻璃门上反射着他强健的体格。那几个等候的民工没好眼色地瞅瞅他。有个中年妇女上来颐指气使,叫他进去抬冰箱。他冷漠地看她,朝空气里扬扬手。女人跳起来,要投诉他。她的尖叫像噼啪燃烧的干柴,清明刚才在空气里扬过的手,又再次扬了起来。这次女人的面容露出了胆怯,但嘴上仍十分强硬。她的目光迎着五月的骄阳,发出灼人的光芒。清明的头皮汗涔涔的,感到那堆火筒直就在往自己头上烤,他举起自己的双手,想把那个太阳从头上移开,但怎么都移不动,倒是有个人一直在他身后发出指令:捏!合手!向上分开!捏!五月的太阳原来是这样的坚硬和灼热,他每更换一次动作,女人的分贝就更上一个台阶,像是礼堂里那些一浪胜一浪的喝彩。

当保安和商场员工围拢过来的时候,地上已经满是玻璃碎片,整整三个玻璃大门都被眼前这个肌肉强健的疯子打破了。清明垂着流血的胳膊,好像还没明白是怎么回事,他甩甩手,想大踏步前进,被几个穿制服的人按在了地上。一扭头,他看见了摄像镜头,傻傻地冲着它笑。

他被强行在医院里滞留了七天。

我是活雕塑,知道吗?他对来打针的护士说。我是活雕塑。他对医生也这样说。那医生接近三十的年纪,风华正茂,是最被看好的泌尿科医生。清明不是他的病人,但他有一个主意,于是他决定来试探一下。

我是活雕塑。他严肃而直接地对坐到病床沿的医生说。

我们来签个协议。泌尿科医生同样严肃而直接地盯着他。你的肌肉很好，他试探性地碰了碰。清明没有排斥，相反，将那肌肉不自觉地迎了上去。泌尿科医生笑了笑，更大胆地摸了摸。我们来签个协议，他又提到了那句话。

你有什么亲属吗？或者，他们能给你一些建议。清明像个正常人一样一言不发，让泌尿科医生有些担心。他迟疑着，要不要告诉他关于他们科室的一些情况，比如目前正在争创评优，以及以往的战斗业绩。这时，清明低下了头，爱抚地摸起了那两块骄傲的胸大肌。泌尿科医生觉得没必要说了。

你可以考虑一下，我们会有一个仪式。我会通知电视台、报纸的记者。我看过关于你的报道，泌尿科医生接着说，这次合作，对我们，都会更上一个台阶。

清明走下床来，朝窗前走去，那里没有哑铃，只有一个痰盂。他朝空气里伸手抓了抓，吐了一口痰，蹲起了马步。

你有充分的时间考虑，但是，不要太久。泌尿科医生在背后说。清明这时将双手侧平举。顺便说一句，你已经恢复健康了，随时可以离开这里。

6

决定性的一天来临了。院里的几个头头都来了,一开始他们还坐在车上,不愿意下来,对泌尿科医生策划的这件事情,他们并没太大把握,当然事情能够成功,对医院的荣誉和创收都将有益。他们在茶色车窗玻璃里看见展台,气派,正式,"生为艺用人体,死为医用人体"的红色横幅迎风招展,整体效果宛如慈善基金的筹备会。有那么一刻,头头们有些冲动,想下车去,坐到主席台中间,听说记者们都来了,他们一定会提前采访。

这时有人过来说,主角清明还没到,他们于是按兵不动。

泌尿科医生踌躇满志地招呼着现场,他身兼主持人。几个媒体的记者交头接耳,对这样的报道不以为意。艺术院校的学生也来了,黄枚隐匿其中。

他来了!人群里发出一声喊叫。清明赤裸着上身,上了黑油的肌肤在骄阳下闪闪发光,他有条不紊地走来,显得十分超脱。

头头们确定主角已经到了,缓缓地拉开了车门。

泌尿科医生看到头头们走来,问清明,要不要先来一段表演暖暖场?

清明的目光扫过人群，这边看看，那边瞧瞧，由于脸也涂上了黑色，很难猜测他此时的想法。

泌尿科医生又问了第二遍。

我是要来点表演。

人群都向前挤了过去，不管怎么说这是场免费的活雕塑表演。几个头头被拥挤的人群撞了一下，脸上挂着怒色，十分不满，可又不便发作。几个小护士眼见控制不住现场，索性站在一边不动。

泌尿科医生站在台中央，宣布签订仪式开始前，先欣赏一下活雕塑的表演。

"这出于高尚的情操和伟大的奉献精神，不仅展现了力之美，也体现了心之美。"扩音器里发出预先录制好的解说词，"在我国医疗事业急需发展的时机，需要更多的志愿者、有素质的志愿者，贡献出他们美好的心灵和身体。"

人群里发出一声哄笑。有几个下力的循声围过来：嘿，这里等会儿要请帮工。他们小声议论，站在人群外围。清明面无表情，他做了几个动作，因为解说不匹配，他有些生气地停下来。

扩音器还在继续播放："活雕塑演员清明，将自愿捐献出他的肝脏、心脏、视网膜、脾脏、睾丸，以供本院医学研究，为中国医学事业的发展做出自己的贡献。"

人群里爆发出"啊——"的一声。

前排的头头们皱了皱眉，这是谁写的解说词？其中一个给泌尿科医生做了个手势，赶紧往下。

泌尿科医生有点尴尬，他走到还在生闷气的清明身旁，话筒放在中间：我们开始签字吧。全场都听见了。

清明转过身来，鼓起了他的肱二头肌，一上一下。几个扛照相机摄像机的，快步冲上前来，准备捕捉这精彩的一幕。几个小护士，也把一直放在兜里的手拿了出来。等了这么久，活动终于快结束了，她们准备随时散人，互相约定趁最后的周末时光去采购一下。

来吧！泌尿科医生说。

清明看看天，太阳被云遮住了半张脸，但是光芒依然犀利地透过云层射下来。

来吧！泌尿科医生又说了一次。

我要一段音乐。清明斩钉截铁地说，音乐。

泌尿科医生面露难色，几个艺术院校的学生起哄着：给他点音乐！睾丸都给你了。人群里又是一阵乱笑。泌尿科医生看看扩音器，又看看前排的头头们，讪讪地走到音响设置旁。清明闭上眼睛，蹲起马步，双手合十，人群不自觉地向后退去。

扩音器里除了发出刺耳的啸叫声,没有什么音乐。泌尿科医生嗓子眼一阵干涩,好像唱不出歌的是他。

我来!黄枚突然从人群里跳出来,我有音乐。她挥挥手,经过清明身旁的时候,跟他说,你要的音乐。但清明并没有睁眼。

黄枚把光盘放进光驱了,指示灯闪了几下,音乐就流出来了。

来吧。泌尿科医生额头都是汗,大功告成地说。

清明还在蹲马步,双目紧闭,好像世外高人。人群中响起了口哨声。

你不是要音乐吗?泌尿科医生有些恼怒了,来吧。

几个小护士又把手放进了兜里,她们互相说着"早就知道今天玄"一类的猜疑,艺术院校的学生叫了起来:清明,下来,清明,下来。起哄声还没完,他们看见清明缓缓地睁开眼睛,收起身,朝人群最里圈走了一遭,汗水从胸脯中间缓缓流下,像没完没了的井水,看得人触目惊心。头头们衣冠整齐地等待着,眼睛却一直冒火。记者又回归原地,好像刚才被耍了一道,开始张望街上有没有美女。

但是,马步毕,清明径直走到音箱设备旁,弯腰,取出那张光盘,对着阳光仔细地看了看。

　　签字吧!泌尿科医生说着,夺下了清明手中的光盘,转手递给他一支笔。

恋人药丸

1

梧桐叶一张一张地掉下来,是天上掸落的婢女,黄巴巴的,比两个手掌还大。西西挥了挥胳膊,没有逮住一张。还有不少在枝头上摇晃的,多么完整的生命,就这么掉下来了。

地上、绿化带上,都铺满了平整的梧桐叶。落下即意味着死亡。可这死亡又多么完整,没有一点残缺,哪里像人,要被岁月蚕食得不成人形了,才咽了最后一口气。

石楠很少迟到。对于今天的迟到她也没有提前发来消息。手机新闻里说,第三代时光恋人药丸已经断货,不知道她的迟到和这事有没有关系?如果她需要,西西把自己囤下来的三个月的药丸,分一部分给她。谁让他们是恋人呢。服用时光恋人药丸并不可耻,这个城市里的人大多依赖药丸,去控制他们即将偏向的轨道。就像天热了大家都需要喝板蓝根冲剂、夏桑菊颗粒、老鹰茶,天冷了需要在汤水里放点阿胶、党参,根据时令，强身健体。是药三分毒，无药就身亡。

这些刚刚掉下来的梧桐叶，还饱含着水分，所以它们的叶子是平整的，但只要再过两三天，这些叶子的边缘就会蜷曲，整个叶面会缩小，一碰还有点脆脆的声响，此时，一点火星就会吞噬他们的尸体。那时才是植物真正难看的样子。

现在呢，如果把这些梧桐叶捡回去洗干净，还是一个崭新的生命呢。西西拿起了一张沾有泥土的梧桐叶，它的背后还是浅黄色，经脉处蛛网般的细纹，淤积了尘土。这个城市太脏了，不过这不妨碍它是一张好叶子。

西西等在几棵梧桐树下，等待的不耐烦因这些干净的死亡而平静了。

2

程式化的爱情有个最大的好处，那就是有效率，不干扰私生活。这是高度发达的社会秩序中，衍生出来的产品。

西西不喜欢谈恋爱，尤其是时光恋人药丸发明前。长时间的焦灼、期待、彷徨，只为了瞬间的两情相悦，平静不了一两天，然后循环往复。恋爱之扰胜过恋爱之悦，如果人能控制生理的节奏，那该多好。

作为一个通信行业的项目经理，西西不仅在自己的写字楼里穿梭，也时常去苏州、常熟等地的写字楼西装革履、指手画脚。楼和楼没有什么不同，都是墨绿玻璃幕墙，白炽灯下键盘嗒嗒响，若不是一架高铁连接，若不是站台上那蓝底白字的"苏州西""成都东"，他都不知道城与城之间有什么分别。难得空闲的时候，他自己熬点小米粥，清汤寡水，黄色小米粒翻滚上来，像无数渴望安息的自我。这一锅粥，就一盘外卖送达的卤猪耳朵，刚好可以安抚劳顿。有女人做饭当然好，但是代价也大，你得消化她唠叨、牵挂、不安的情绪，哦，这些都可称作爱情。所以拿起筷子、端起酒杯的男人得适时做出反应，否则就会鸡犬升天。西西更希望享受一个人的宁静，尤其舟车劳顿之后，我不牵挂你，你莫叨念我。当然，西西是人，有时他也会牵挂。这就苦了，平时不烧香，临时求美人，多半只是个冷脸侉子。算清了这笔账后，西西觉得还是一个人自在。

有没有一种药物，只把恋爱美好的部分保留，而剔除掉那些不悦的成分呢？这样，人、城市的发展又会进一大步。

这几十年来，科学家们也一直在致力于研究这种药物，这不是无聊，而是关于人的课题不再是哲学家探讨的内容，感性和理性的矛盾统一已经成为生命科学的一部分。换句话说，只有在物质高度发展的今天，科学家、药物科学家们才有精力投入此种药丸的研究。

好在三十三岁的西西等到了。一天一粒"时光恋人",像补充维生素一样,他拥有了恋人,并且更多地拥有自我。

又一张梧桐叶摇摇欲坠,西西说不出是惋惜还是期待,仰头凝望,正好休整他酸痛的颈子。

"感谢你愿意花时间等我。"石楠顶着一头板栗色的头发,走到西西面前,带着浅浅的笑容。她很精致,很愉悦。她没有为迟到做任何解释。

"哦。"西西回正了脑袋,吃了一惊。他竟然没有预先从人海中,从梧桐树叶中一眼抓出这个恋人,这不太是一个合格男友的品质。他歉意地笑笑,为他的失态。

"你看这些叶子像不像你的头发?"他试图转移自己的难堪。"这脉络、纹理。"他的话语不自觉地抒情起来,西西意识到那种恋爱中的盲目,即时闭嘴,但是西西面无表情,看上去也并不动情。

"怎么走?"石楠问。

他们相约去看本城的国际马戏周的开幕式。"长江上游地区唯一的国际马戏城开幕……"为了这个盛大的节日,各种交通工具、传播媒体早在一个月前就轮番预告。皇冠帽、珍珠手杖、小丑面具、鳄鱼面包的宣传招贴画,在城市上空飘扬,一塞车时,那些花花绿绿的欢乐便跳跃起来,"来吧,来吧!"司机们有的探出头,感受到了从天而降的狂欢,烦躁不安的乘客,脸上也挂满了天真的笑容。这些欢乐的气氛侵占到了石楠家的小区电梯里,欢乐、童趣的马戏广告,让乘坐电梯的人每次都好好阅读一番。

"这么说,不久这个城市将掀起新一轮狂欢。"那日,石楠在电话里和西西交流这个信息。

这的确是一个恋爱的好主题。

每个月他们都会给约会制定一些主题,观看歌剧、舞剧、话剧,或去某个景区。他们无法像普通恋人那样散步、压马路,聊一些不着边际没完没了的情话。那样的恋爱时代已经很遥远了,说起来,好像在谈论宋朝、明朝人的生活。

时间太宝贵。每一分钟都要最大化使用。最好的恋爱关系就是一起去完成某项事情,拥有除恋爱以外的精神感受或见识。

所以,搞到国际马戏城首映票后,西西便给石楠打了电话。

3

他们当然要吃饭。

他们选择了离马戏城不远的一家泰国菜餐厅"曼谷奇遇"。

这种有东南亚风味的食物，带着一种戏剧式的华丽，特别喜欢在细枝末节上做功夫，香料无奇不有，见过的，没见过的，用到极致，虽然吃完后，红艳艳的汤汤水水总是无法让人有饱食感，倒很符合观看马戏团表演的气质。

是什么气质呢？

"恋爱气质。"石楠在这方面很有说服力。"大而无当，筋疲力尽。"

他们都是经历过恋爱的人，也是一直在寻求最佳恋爱的配偶，为了把恋爱的杀伤力控制到最小，他们不得不服用时光恋人药丸。

"恋爱就是一项让彼此都有探索乐趣的活动，大到我们选择的节目，小到一餐一饮，希望这种全新的感受，我们都能同时体会。"石楠的这番理论，西西深以为然。为此也躬行了两年有余。他俩一个住在城市之南，一个居于城市之东，驱车而往，需要四十分钟，这还是一路畅通的情况下。他们都是在单位附近购房，谁也不想做一点牺牲或迁就，不想打乱原有的生活秩序。于是就平安无事地相处了这两年多，见面不在于多，在于精，都市的节奏太快，恋爱和婚姻的成本都增高。现状则是最好。

至于孩子嘛，已有基因编辑来完成，也就是说他们不需要像传统夫妻那样过日子,柴米油盐酱醋茶,磕磕碰碰地生活。他们这种恋爱模式才是主流,才是人类进步的重要特征。

技术引导文明。诚然。

主菜还没有端上来,他们及时看了看手机,回复了几条消息。

其实他们各自吃过一些泰国餐厅,在这一家新开的餐厅里,并没有特别的不同,他们挤出笑容,汤匙和金边餐盘碰撞,发出叮叮当当的声音,这些都像极了马戏城的音乐。

在这家店排队用餐的人不少,喜欢猎奇的城市人太多了。他们和所有人一样,都会在特定的日子里群居,抱团。尽管这嘈杂的感觉并不好。

有一个头发没来得及清洗的女孩,咕咕哝哝地走过来,用一种抱歉的神情跟西西说着什么。石楠盯着她。费了好大劲儿,他们俩才弄明白,女孩和她的朋友,另一个女孩,试图跟他们拼桌。

那怎么行。石楠坚决摆手。

她和西西能在一起约会的时间并不长,所以,她需要完全的干净。但是那女孩几乎要哭起来,实在没有座位了。她们也是赶着去马戏团看表演的。

这首映式,一票难求。西西也是动用了一些关系才买到了票。

"一块坐吧。"最后是西西开了口。

四个人坐在一块儿后,青木瓜沙拉就不再有甜、酸、辣的味道,里面的蟹、虾米看上去都死了很久,呆滞地等着人们嚼碎送进胃里。石楠瞥了一眼那个油腻头发女孩子,她几乎要怀疑她的头发是在冬荫功汤里泡过。她克制住那种不悦,但是很失败,情绪爬上了脸颊。她几乎不能好好地和西西谈笑风生。

青木瓜的芬芳消失了,在这道沙拉里,唯有辣味在刺激她。石楠挑了一颗花生含在嘴里,咀嚼肌的运动不会让她看上去垮拉着脸。

两个女孩子小声地交流着情感,她们用手机拍下令人惊奇的瞬间。

唉,连她们的谈话也是这般无趣。石楠的耳朵总是不能阻绝两个女孩子细碎的声音传来。

"你知道椰汁是怎么做出来的吗?"西西说。

招牌菜椰汁鸡汤端上来,红色的几颗辣椒在鲜白色的汤面上摆出个心形。

"哇,好美。"两个女孩子侧目赞叹。

对于恋人,随便说个笑话,就能让彼此增进感情。找一个你喜欢的人,并让你的感情回报能超过百分之五十以上,这段感情就值得继续走下去。

西西本想打消石楠的不悦,给她讲个故事,但是旁边两个女孩的惊奇,让他莫名有了兴奋。

"椰子里不就是椰汁吗?"石楠尽量配合他,却提不起惊奇。

"椰子本来是有果肉的,但在一定的酸碱程度下,果肉就变成了椰汁。就好像地球一样,过去是一片汪洋,在一定条件下,汪洋退去了,陆地出来了。"西西吃了一口鸡肉,"这像不像从海洋中捞出来的陆地?"

两个小女孩互相望望,窃窃私语。石楠不动声色。

"椰子的袖珍版是什么,你知道吗?"

随你胡诌吧。石楠想。椰汁汤里的奶香味太多了,让人怀疑这食材的真实性。

"桂圆。"

石楠把柠檬草和碎葱搅拌在一起,那种清新的味道被淹没了。西西还在说着什么,她听不见了,姜粒也被淹没了。后来又上了一些招牌菜,也变得像是普通的盐巴和胡椒调和的番茄汤。那两个女孩说了一些挤眉弄眼的话,工作上的事,泡面的事,然后玩起了手机。

泰国菜就是这样,吃不饱,全靠香料,还死贵,偏偏人又多,就是来喝这一碗酸辣汤的。名为冬荫功汤的酸辣汤已经慢慢变凉，含在嘴里油就凝滞了。大概是固定酒精用完了吧，但是他们谁都没有叫服务员来添加酒精。这原本属于他们的时间，却平白被这两个女孩子占据了，石楠的耳朵和眼睛不得不朝那边靠去，她尽量一再避免这种侧目，但是，她们和他们太近了。

每次约会都得留下深刻的印象。否则，这半月一次的约会就太不值得。对于他们这种见面不多的伴侣，尤其珍视。因为没有了日常，每一次约会都变得郑重其事。

是谁规定半月一次？石楠搅拌了已经变冷的冬荫功汤，大概是彼此吧，各自都有那么多事情，哦，不，是自我的节奏，上班、休整、看看四季变迁，比如西西一个人看梧桐叶掉落的感受，比两个人观看更满足，她能理解这种心情，他们互相都理解。

整理自己的时候，内心最为充盈。

两个人，就注定得打乱彼此的步履、作息，就连睡眠都很难深入。恋爱是某种程度的自我牺牲，这种牺牲就是为了换来一种想象的安宁，俗称不寂寞。

曼谷餐厅给他们留下了深刻的记忆。这一点，毫无例外。不过不是菜品，而是莫名而至的两个年轻食客。索然无味之际，他们互相看着手机，回复了同事、朋友们几条微信。一切都很有效率。饭后，石楠给西西的手上洒了几滴便携式消毒液，那是医院里常有的，现在已经大众化。

她爱干净，所以也无法与人共同生活，哪怕是试探性的。

西西理解，他就不爱洗澡，直接往被子里钻，他想过若和石楠同居，他怕没有现在的小心呵护、君子风度了。

从餐厅里出来，一下摆脱了那些嘈杂的人群，天空也变得开阔。

他们便沿着梧桐树生长的街道向前走去。梧桐秋色已经失去了浪漫，和酒足饭饱的人一样，呆滞。

"你听说了吗，时光恋人药丸卖完了。"

石楠不言语。

"第四代快出来了吧。"

4

马戏城建在这个城市长江以南的方向，滨江路上，车流如箭。他们在滨江路上仰望对岸，城市高低错落，在江边一字排开，江对面，一座白塔在山巅，隐隐约约。

"从来没去过那里呢？"石楠指着白塔说。

"改天有空去。"西西想也不想，随口就说了出来。那个白塔仅仅是个塔，没有发展成一个公园。所以，白塔具体叫什么名字,他还得查查。改天再查,他并没有立即打开手机百度地图。今天的重点是马戏城。

两个巨型蘑菇很快出现在他们眼前。一个蓝色,一个白色,这种蓝色并不是单一的片色,中间有各种层次的蓝色做渐变,远远地看,像是波浪在翻滚。白色的场馆呢,上面还有一些蓝色小圆圈,像是蓝色波浪溅洒到了沙滩上。这便是马戏城主场馆了。

他们走过"国际马戏城"几个五彩斑斓的字,依次排队,过安检,进场馆,一切又现代起来。剧场是个圆球形的空间,从上到下,从左到右,都是圆弧形的。他们在B区5排找到自己的座位,正中间,视线很好,好像他们已经躺在了母亲的怀抱正中,变成了安宁和喜悦的孩子。

节目还没正式开始,其他孩子们都躁动起来,西西被感动了,感觉这圆球里的都是一家人。他抓住了石楠的手,紧紧地,却没有一句话。

灯终于黑下来了。但头顶上还有无数的光影在凝聚。"看。"他用力摇了摇石楠的手,示意她抬头,全是星星点点的灯光。"星星。"他说,"像不像星星?"

绿色、蓝色、红色的射灯还残留着未尽的光影。

石楠在黑暗中点了点头。

"很梦幻。"西西补充了一句。那种青春少年时的恋爱美感,随着这句话也悄然到来。

暖场是必须的，红色射灯一亮，广东名曲《步步高》在唢呐声中响起，二胡、锣鼓纷纷加入进来，一步三摇的喜悦。大象、骏马、身着三点式的姑娘悉数登场，那平时听惯常了的《步步高》，今日竟然不一样了，高兴，真是高兴。

欢腾之后，这场叫《笑傲江湖》的杂技表演才正式开始。

两个高人在八仙桌上比酒兼比武，喝着喝着，桌子和人就一块升天了。全场都黑了下来，只有浩瀚的时空中打下了一束白光，照着这两个绝世高人。慢慢地，桌子和人都翻转过来了。两人纹丝不动，酒杯也没有掉下来，好像进入了太空里。

他们大概是在比内功吧。很快，一人端起了酒杯，另一人也不甘示弱，端了起来。他们这样倒立着玩了好久。

鸦雀无声。

石楠抽回了自己的手，西西没有挽留，他们都被这独门绝技吸引了，需要独自享受。在这一点上两人心有灵犀。

突然，宁静被打破，锣鼓齐鸣，几个背着刀剑的人在舞台上出现，象征性地比画了几下，就开始叠罗汉了。每个罗汉都是把头搁在地上，手抱住脚在走。每个人都像奇怪的昆虫，只有背后桃花树上，武神"东方不败"一袭红衣落地，英姿飒爽，美艳绝伦。

各方派别的武士在蹦床上跳起来,他们可以跳到一棵树上去,身轻如燕。

"我也好想去蹦一蹦。"西西说,"他们都不会摔倒。"

"他们在跋山涉水。"石楠冷静地说。

这蹦床上的跋山涉水却很有意境。他们足足蹦跳了十分钟,观众并不疲倦。

其间,他们的手有几次合在一起。

看来,这华山确实太远了,他们还要走很远很远的路。

"我没有药了。"她一边抠弄西西的掌心,一边对他说。

"我有。"他也抠她的掌心,回答得轻描淡写。

这回答让石楠舒心,但也有点慌张,他真的理解到她的意思了?

她再次说:"我现在剩下的药支撑不到一周了。"

他好像是转过了头来,验证她的严肃性。

演出结束后,他们应该有一场属于他们自己的表演,她家或他家。然后在清晨各自归位,彬彬有礼地分手。然后,她就可以顺理成章地拿到救急的药丸。这样的安排真是周密。换作以往,他们不会在对方家里过夜。夜晚,是让人退掉一切面具、真实相对的舞台,他们经受不起这样的考验。

一块儿睡眼惺忪,一块儿吃早饭,一块儿匆匆忙忙赶早班车,他们会吵架的,会争马桶,会埋怨……总之,他们避免过夜。

他们是彼此友好、客气的恋人。如果专程去男朋友家拿药,那显得多么小题大做,有失分寸。因为并不在一起居住,他们的生活是独立而又干净的。他其实也可以快递过来,这样就不耽误时间,又是吃饭,又是闲聊,会占据一个下午或晚上。可是药丸快递,又多少让人不放心呢。

"呛——呛——"这群高人终于到达了华山。比武大会开始。一个披头散发的前盟主,力大无比,几个白衣人捆绑着他,都奈何不得。一个绿衣姑娘大闹会场,众人乱了分寸,帮闲的帮闲,帮忙的帮忙,奇技淫巧,五味杂陈,色彩斑斓,好不热闹。

西西把身体向前探了去,打斗的场面正是各种杂技大比拼的时刻。哪怕是几分钟的聚精会神,石楠也可以暂时忘却她的无药之痛。

但奇技淫巧一旦熟悉了,她又不能被吸引了。

整个城市都缺药。这不再是她个人的问题。

如果全城的人都陷入了恋爱的麻烦会怎样?人最自私、暴虐的禀性会一览无余,严重者会打砸玻璃,毁坏商场、银行。恋爱中造成的期待不满足,会伤及当事人,而副作用会越来越大地波及公共秩序。比如一个在恋爱中欲求不满的人,会对其他恋人指手画脚,会对那些小气、不肯买单的男人大打出手。

打一架又何妨！全城的人，被时光恋人药丸规范得太久。我们的城市井井有条，我们的城市高速运转，那是因为有药。

啊，抗药性也在与日俱增。

科学家们研究抗毒性的本领赶不上病菌的繁殖！

这恐怖的社会究竟让人如何生存！

锣鼓鸣天。石楠的心里也扭作了一团，心脏、肝脏、胰脏、脾脏的血管一定在这磅礴民乐中交错到一起，拧成个大麻花。

5

这个城市变得越来越冷酷。

喇叭声越来越大，稍有堵车，人们便无法控制自己的情绪。

电梯里，有人抽烟，几个老人得理不饶人地尖叫起来。

一个喝下午茶的女人，因为被服务员扫地的时候不小心弄脏了小白鞋，说了几句"离我远点"，旁桌的男人就揭竿而起，"什么玩意！"他拿着扫帚把"下午茶女士"的鞋扫了几下，怒气冲冲地说："不就是个喝下午茶的，牛逼哄哄个啥！"

这段视频被放到了网上，西西在公交车上也看到了，城市需要更新的，抗药性的副作用也在集体化爆发。

"你在干吗？"下站后，西西给石楠拨电话。他已经很久没有联系她了。生活中的麻烦,独自解决比较好。

"睡觉。"

"怎么还在睡懒觉。"他用一种稍稍甜蜜的声音责怪。

"病了。睡觉可治病。"电话那头慵懒且冷淡。

药丸越来越少了,第四代还没有上市。这让西西很苦恼。有时候他也会通过长时间的睡觉来抵御无药之痛,但是他不想告诉石楠这同病相怜的感受。城市里的梧桐树已经吐出了新芽,只有榕树还一如往昔,叶子脏脏的,吸附着城市的灰与尘。没有生死,没有惊喜。

"记得多喝水,水是药。"

"好的。"

"多运动,跑跑步,加强新陈代谢。"

"你也是。"

西西紧了紧自己的外衣,已经是暮春了,他还是觉得冷。他体内的抗药性也在与日俱增。有一次,他为了抵抗时光恋人药丸的副作用,竟然睡了十二个小时,醒来后已经是早上十点,已经误了去苏州的动车。他匆忙改签,在晚上到达目的地,虽然没耽误什么大事,但他却很自责。一个人睡到底,以为醒来后什么都好了。这只是错觉。从那以后,他反而不易入睡了。

"我陪你去买药吧。"和上次一同去马戏城相隔了五个月了,他们总共才见了三次。

"到处缺货呢。"

西西感觉到她不想邋遢地见自己,见这个相处了两年多的男朋友。他有点失落,为以前的生活,相濡以沫对他们来说是难以跨越的障碍。

高铁来来回回,西西开始有事无事地给石楠打电话,"马上到苏州""刚刚经过无锡"。过去,他不会这样。等待、接通、只言片语,反而让人越来越渴,他被一种说不清楚的焦灼缠绕着。他们已经很久没有相约去看展览、演出、电影。这些离生活很远的东西,像天宫里发生的事情,无法解决眼前之痛。

过去他们是多么痴迷这一切,在黑匣子里,被绚丽的色彩包围,整个精神都在吸食一种叫作美感的东西。

6

城里的几家连锁药房都在限购。需要身份证,一人只能购买两周的药物。第四代还处于试验期间,是管控药物,不敢多售卖。一旦有被发现违规操作,药房就会被停业整顿。

也有药贩子在人群中兜售,但是西西和石楠并不敢去冒险,他们已经深受副作用的痛苦了。

排了一上午的队，好不容易买到了药。他们就近在一个露天的临时桌椅处，吃起了盒饭。旁边有一家卖烤鸭的餐馆，已经人满为患。这种地方过去是他们常去的，精致，有情调，适合说一些锦上添花的话。

但是他们很专心地在小方桌、小板凳上吃起了盒饭，名曰"乱炒"，就是胡萝卜、莴苣、青椒等一些配菜炒的肉丝。很快吃完，他们站起身来。

"要不要去另一个药房排队？"西西问，这个城市有七个主城区，他们可以换一个地方购买，"试试？"

"我想去下厕所。"石楠向左右张望。

"好的，我等你。"西西为石楠问到了女厕所，并陪她去了门口。他满含关切地注视她进去。

他们终于有一件共同的事情可做了。这种心情像花了很多力气终于让柴火燃烧起来一般，有种说不明的愉悦。他握了握拳头，有点冷。到了夏天，一切都好了，科学家们还在试药阶段，很快就会有成果。

等待的时候，他看了看手机里推送过来的新闻。

"副市长接见了美国德高大学医疗专家组，要为这个城市提供一种新的替代能源。"

他抬起头，身材高大的玉兰花树，线条清冽。绿中带粉的小花苞在隐约探头。一个举着手机拍照的女人笑意盈盈。她长得不赖，尤其是胸前的蝴蝶结，挽得很漂亮。她的脸平滑，花瓣若落下都站不稳的。

西西凝视着她，没意识到自己的专注。

年轻女人走上前来，她的脸上还有细细的茸毛。"可以帮我拍张照吗？"西西没理由拒绝，但手机里的影像没有她本人好看。他按下了拍照键。

"你买到药了？"她接过手机时，问。

"嗯，准备去其他地方再看看。"西西也不知道为什么要对一个陌生人说实话，但是他也找不到理由说假话。

"你运气真好。"她冲他没心没肺地笑，"我可以不可以共享你的药丸？"

他愣了一下。

"你看这些玉兰花过不了半个月就会开，再过不了一个月就会凋谢。就会成为讨厌的垃圾。"她的茸毛那么清晰，说话的当儿还左右飘动，而茸毛下的皮脂纹路可见。脂肪酸一定很饱满，如果这样的皮脂也被药物约束，世界会怎样？他从来没有这么仔细去看一个异性的发肤，可能有，那也是很早以前，忘了时间。

亲　戚

1

"在这里、这里签下你的名字就可以了。"对方彬彬有礼地说，下巴一抬，"只要到时把钱还上，房产证还是你的。"

白又丹想仔细看看条款，那密密麻麻的字很伤脑筋呢。但是她的老花眼镜还在包里，她摸了下手提包的解扣。

"就是走个流程。"老董有点不耐烦，"每份合同都是一样的。"

眼镜已经拿在手里，白又丹犹豫了下没有戴上去。她在对方要求的地方签名，按下红手印，忐忑像一口痰淤积在喉口，越来越浓了。

"可以了。"一旁的老董笑出几条鱼尾纹。

"好的。"工作人员拿过合同，"稍等片刻。"他到里面盖公章去了。

"我都没仔细看。"白又丹望着老董。老董的笑容是发自内心的,他的笑使他看上去不像个六十好几的老头,朝气蓬勃,还有点浪漫。他确实也浪漫,比如会隔三岔五地送一只塑料花,或买些超市里打折处理的碗筷。

都是些劳什子东西。白又丹心想。

"可爱呢。"他说话的样子像个二十出头的小伙子。

现在白又丹又见他这一笑,似春日晴空,且连晴一周。妇人看见这样的天空,心就定了。不用担心不测风云、旦夕祸福,放心大胆地洗洗涮涮,晾衣服被子吧。

"人老了就废了。"那些比白又丹大十几岁的同事退休时,都这么念叨。那时她就盘算,自己退休了,就到处走走,看看,不能整天守在窝里,等死。父母、丈夫都过世了,就剩下个三十好几的儿子,用不着她了。

人生还有什么牵挂?

"对啊,就得到处走走。"老董随时附和,"人到这份上了,还不为自己活?"认识这几个月来,她说什么他都拍手称快,"真的,我也是这样想的。"

过去的人生是一截嚼烂的甘蔗,掰断,扔掉就是了,另起一头咬来还是甜滋滋的。

2

办完手续后,老董说:"我们去庆祝一下。"

飘香歧路是大万正街的南边支路,餐馆林立,红底白字或白底红字的招牌应接不暇,菜籽油、麻油、牛油、猪油的味道混合着从敞开的大门涌出来,五人合抱的石碾盘里盛放着正待碾压的红辣椒,传菜大婶们三三两两在门面外桌椅上剥大蒜,瓣与瓣叠压着,是刚刚从母体里捞出来的小娃娃,见着人世和空气,欢腾得很。它们正在为即将到来的夜市饕餮做热身运动。临江门鲜菜火锅、钢管厂后面串串、贵州纯羊肉汤锅、垫江石磨豆花、綦江北渡鱼……当然还有很多卖小面、卖快餐的。荣昌铺盖面、牛肚大肉面,闪花了眼。每个门面前都站着一个人在吆喝:"有座位!有座位!"

老董不由自主地侧了下身,那些揽客的姑娘婶嫂太热情。但是招牌菜确实让人眼馋呢。

"随便吃点就好了。"白又丹说。她倒并不觉得今天的事有多值得庆祝。

"那不行。"老董立即又抖擞起来,"跟我来。"

他们选了一家"老外婆竹笋鸡",浓郁的麻辣味弥漫在整个大厅里。

"要吃鸡,回家做呗。"白又丹坐了下来,想着一锅鸡至少也是两三斤,他们根本吃不完,走出餐厅后还腻裹着一身的油辣味。可她瞧了一眼老董,他正在兴致勃勃地看菜单。

"还不是怕你累着。这个,这个……"他的手指在菜单上比画,那菜单也油腻。

随他吧。白又丹把头转过去,店里的七八个吊灯上都挂了一只塑胶公鸡的造型,红艳艳、雄赳赳的。这架势摆明了不是便宜之地。

不到十分钟光景,豆腐、苕皮、香菇悉数端来,一砂锅红辣椒、鲜笋包围的乌皮鸡也放在了他们中间,几只花椒枝搁在上面。白又丹不觉咽了口水。

"色香味俱全啊!"老董笑嘻嘻地说,"今天是个重要的日子,是你的,也是我的。"

"又不过生又不过节的。"白又丹语气有了点嗔怪。

"比过生、过节还重要!"老董斩钉截铁,"老了,人生才开始,以前都是试用期,谨小慎微,看单位领导眼色,看父母脸色,拖家带口瞻前顾后,什么时候为自己活过?现在,就要活出个光焰万丈来。"

白又丹眼前冒出那些奖状的画面,头子上都是金灿灿的光芒,下面斗大几个字:先进工作者、优秀学生、优秀教师等。

回到家，她会摊开来，在日光灯下仔细打量，依然晃得人心惊肉跳。荣光，她早就受惠过了，从小学、中学，到参加工作、退休，人生这一路，就没错过。她笑起来。

"看，我没说错吧。"老头看她意会，及时奉承了一句，"现在要为我们自己而过。到这个岁数，是没有什么可以失去的了。结婚生子，养老送终，人生的课题都已经完成了吧。"他划拉了一张苔皮进嘴，烫得龇牙，"到时，我们还不是两腿一蹬，两眼一闭，万事皆空。索性跟着感觉走。"

白又丹看着他的样子，可爱又可笑。他还真没个老年人的样儿！这年代，年轻人顾着闲，老年人想着倒腾，都反了。

"老妹，你说呢？"

"好，光焰万丈。"她拿起了筷子，撬了块鸡腿，塞到老董碗里，哄他也哄自己。

"自己来，自己来。"老董大概是饿了，大口吃了好几块，才说起话来："我跟你说，这次你是真英明。我早就说了，你是个在大事上有决断的女人，这样的女人大气，不含糊，是真智慧，是巾帼。我这一生，没少见过女人，扭捏作态，斤斤计较，机关算尽。唉，都是过眼云烟。你问过我为什么不找年轻的？我跟你说，那些都是虚的。"他突然停了下，"以色事他人，能得几时好？"

这句话让白又丹笑了起来,"你在哪里学的。"

"嘿,在老师面前,可不也得有文化吗?"

"我一个小学老师。"她谦虚道。

他咧开嘴又笑了起来,"因为你,让我改变了对女人的看法,不拖泥带水,该出手时就出手!这才是真女人。来,我敬你。"说着,他要端杯,却发现没有酒。"咳,没酒,"他迟疑了下,"以水代酒,我敬你!"

白又丹也端起那杯倒了白开水的一次性纸杯,和眼前的老头碰了碰,"干杯。"放下杯子,她问:"其实,我有点不明白。"

"你放心好了。"老董打断她的话,"这家贷款公司我熟,他们不会骗我的,公司是真公司呢。房产证只是个抵押证明。你要相信我。"

"这个房子估价一百二十万元,没想到涨这么快。"

"我其实只要四十万元就可以了,可是没有现金啊。你能拿出来吗,我能拿出来吗?就算是有,不也存在银行里吗。这年头谁手里都没个活钱啊。所以,我说你有经济意识呢。"

白又丹点点头,低着头吃了一块脖子肉。

"这脖子肉少吃,有淋巴。"老董眼尖,把那块脖子肉从白又丹嘴里给夺下来,放在了一边,"淋巴是毒素集聚区,致癌的。说了你好多次了,不听话。"

都吃了好多年了,也没见死。换作以前,这句话白又丹会脱口而出,但现在她截住了。她承认自己有点看老董的脸色。她不是没有一点现金,她有 38 万元的现金在银行里存着定期呢。这是她唯一没有给老董交代的实情。这钱是给儿子攒着成家的,不能动。38 万元里有过世老伴的一份抚恤金,合着她平时从工资里省出来的。儿子再不成器,都是自己身上掉下来的一块肉,钱不能动呢。

"房产抵押这事,我都没告诉儿子。"白又丹说。

"嗨,这是对的,你儿子管你吗?房子是你的,不是他的,你还不能做主?这笔生意成了,我就给你换个新房子,把现在这房子过户给你儿子。看他敢说你什么。"

白又丹讪讪地笑。都说教师的孩子不成器,这个咒语也落在她身上。儿子奔着 35 了,没结婚也没对象,他有时在外面住,有时回家里住。白又丹不知道儿子整天在混什么,当然她也不操心,总归是男孩子,活着回来,不偷不抢的,也不算异类,就是正常人的轨道走得艰难了点。回家的时候,儿子也和她说不了两句话,不是躺在沙发上看电视,就是玩手机。白又丹实在看不下去就唠叨两句,儿子就收拾碗筷,无非是洗吃过的几个碗,沥了水放进碗柜,抹桌子、扫地一类的事都不干。就这么一个亲人了,老母亲叹叹气,只能自己担着了。别人家父母子女在一块儿有说有笑,她家就碜着,撂着,再讲百善孝为先的道理也不合适。就像抓住已经结婚的男人或女人,问今天是不是该爱我了,找不痛快吗?要是家里有个可以说说话的人就好了。给儿子干那些未尽的家务活时,白又丹忍不住这么想。

有一次儿子回家,碰见了老董在沙发上叙话,立刻没了好脸色。

白又丹起身,介绍说:"这是董叔叔。"

儿子不是三岁小孩,并不听说听教喊人,反而是一块牛肉脸顶上去,问当妈的:"怎么不提前说一声?"

老头识趣,什么话也不说。

"这孩子,要回来也不说一声。"白又丹解围,拉着儿子往厨房里说话,"老董是我朋友。"

"什么朋友,从没听你说过。什么时候认识的?"儿子抢白,都是成年人,那点猫腻谁看不出来,"再说了,我自己的家,回不回来还要说?跟谁说,跟他说?你怎么把我不认识的老头往家里带?像什么话!"儿子说起话来,像一家之主。

惯的!白又丹想,生气道:"我朋友我还不能带了?"

"干什么的,住哪里的,你调查清楚没有就往家里带。不清不楚,家里东西丢了都不知道。养命钱锁好了没有!"两人在厨房里拌嘴,音量并不小。

白又丹被儿子嚷得心亏,"吃完饭,我就带他出去。"

几次往来,老董和白又丹儿子也渐渐熟悉了,但好感却一点没有建立起来。老董来一次,他就黑一次脸。

"不能留宿!"儿子堵死。

虽然心里不痛快,但这个门槛白又丹从未逾越。倒不是怕儿子的脸色,他们还没说到婚嫁的事儿上,怎么说呢,按老董的意思,算是彼此认了一门亲戚吧。

亲戚之间就要常走动。

节假日期间走动走动,家里电线短路了,下水道堵塞了,粮油没了,就得走动拾掇,其他的,也就没什么了。

关于那件事,也不是没有,但一把年纪的人,可有可无吧。至少,在白又丹这里是这样。老头呢,她没想太多,等到想起时,已经水过三秋。而唯有能想起来的那一次,也云里雾里,让人摸不着头脑。

也是一次饭后,两人在白又丹家里说着话,老董不知怎的,就抓住了白又丹的手,在自己的大腿上蹭来蹭去。白又丹刚开始没注意到,眉飞色舞地讲着未完的事情,后来觉得自己整个胳膊都扯到对方大腿根了,才豁然大悟。她毫不留情地抽回来自己的手,没注意到老董的脸色有些窘,那种窘是箭在弦上不得不发,却突然被人一脚果断踩折了弓。

混账！白又丹要呵斥，但是她没有发出声来，她觉得要为眼前这个人留点情面。到她这个年纪，几乎对男人没有性方面的热情，都长得老脸皱皮的，身上还带着前半生各种风霜的疲倦，就算再怎么拾掇，也是难掩暮气。她也没期望那些老头对她有什么期待，她看镜子里的自己，也找不出可人之处。所以，老了，能说点话而已，肉体什么的，反而让人避之不及。

她吞咽了羞耻，背身收拾起了桌上的碗筷。老董也跟了过来，这次他更直接，拦腰抱住了她。两个人都没说话，白又丹还在淘菜盆里洗碗，手上的动作一点没有少。她等着，等他说点什么话，如果他能煽动起那种温柔和依恋，也不是没有什么可能。关键是他得说说，比如以后、未来，怎么生活，怎么用度，他会不会给自己生活费，给多少呢，一起相守过日子什么的，有个从长计议的周密布局。但是后面那个人什么话也没有，好像也在等着什么，只有水声哗哗地响。后面的人抱了一会儿，大概是见白又丹没反应，自己就冷了。还是什么话也没有，转身就离开了厨房。

白又丹一贯是很节约用水的，但老董的抽身，让她也有些不知所措。人上年纪了，很多事就不敏感了。水继续流着，却不是在涮碗筷。白又丹把手伸到了水龙头下，手上都是油腻呢，水流过，一颗颗小水珠在手背上站也站不稳，轻轻地就滑下去了。

回到客厅里，老董已经拿着遥控板翻看电视节目了。

他们俩一个字都没有提。离开的时候，两人也好好说再见，下次见。然后就好几天没音信了。

固体酒精烧完了，竹笋鸡渐渐冷却，麻辣汤料凝固起来，有些让人嫌恶。大理石桌面上那结成硬块的汤料星星点点，端起水杯，水也是凉的。白又丹环顾左右，估计这餐馆里年纪最大的男女食客就他们俩了。其余的一看，不是年轻恋人，就是几个朋友邀约。年轻人的眼光也不闲着，有意无意地向他们打量而来。

是啊，别人都在猜测，原配夫妻哪会这样出来奢侈下馆子呢，尤其是鸡鸭鱼肉，谁个不是在家里弄呢。这店里的鸡也没什么特别的地方，就是更辣、更香，也不知道里面是不是放了一滴香呢。她琢磨着，也给邻座们投去了狠狠的目光。

这眼光，几个月来没少见。站牌下、公园里、地铁里，老夫老妻都淡着呢，他们这样新鲜，可才不是原配呢。这眼光，他们都懂。白又丹有一次还拿这眼光自我解嘲，说咱是不是也得注意点，别人瞅着呢。老董却满不在乎，继续把手握得更紧了。

两个人的胃口不大，很快就饱了。

"打包吧。"白又丹说,"晚上回去热着吃,还能加点菜。"老董剔牙不言语。

3

出得餐厅,空气也变得清凉通透,白又丹一个人提着打包的剩菜回家了。

这房子其实已经住了十年了。年头不算长。但是客厅墙上出现了裂痕。一共两道,从天花板一直拉到地面,又深又长。好几次,白又丹想把这些裂缝修补了。装修工人来了两拨,都不接这茬,说得家具全搬,得挪空才行。否则,这油漆掉在柜子上,责任算谁的,到时候麻烦,说不清楚。

后患!他们说的是后患。如此,宁可不挣这份钱。

不刷就不刷,每过十年人都得长纹路呢,这房子的纹路有什么不能忍的。

定了定神,白又丹把房产证从包里拿出来端详。证还在,房就在。办理抵押之前,老董就说了,中介公司只是收复印件和全权委托书,原件还是在自己手上,所以不用担心中介公司会擅自处理她的房子。

建筑面积112平方米,产权人白又丹。她在这两行字上摸了摸，重新又合上。房产证是去年才换的，绿色的封面还带着印刷品味呢。这是因为老头过世，他的名字自然得给抹去。她跑了好几趟，才办理好房产过户。

这证新崭崭的，好像这房子也新着。

家里杂物多吗？老头离世后，已经做了一些清理。白又丹绕着自己的客厅看了又看，不过就是些书，教辅书，从小学一年级到六年级的都有，各种版本。她一辈子和小学生打交道，就攒了这么点家底，都舍不得扔。朋友来她家里做客时，说，毕业生都烧书了，你还留着这些劳什子干啥。教科书三五年就更新一套，这些老黄历也跟不上节气了。

是啊，好多知识都被否定了，比如过去写"生"字的笔顺跟现在都不一样，现在让白又丹回去教小学生，也是错误百出呢。

可是这些教辅材料中，每一处空白的地方，都被白又丹密密麻麻地写上了各种心得体会、真知灼见。比如阅读文三段式要领，如何提炼中心思想，三十几年的人生成果啊，都浓缩在其间了。

她舍不得扔。她能想象这些书页被工人们搬进废纸加工厂，瞬间变成齑粉的样子，她的人生也就变成齑粉了。

所以搬了新家后，这些陈谷子烂芝麻的黄卷书页又一股脑跟了进来，客房兼做书房，但堆不下，就在客厅里做几个大书柜，塞了进去。《低幼童话选》《四年级阅读训练》《作文通讯》，都还是20世纪八九十年代的模样呢。白又丹看着这些书籍，就觉得过去兢兢业业的日子还在，都还在客厅里蹲着呢。

但是老伴走了，总还得有个新气象。白又丹做了个折中的处理，让装修师傅把三间卧室给粉刷了，这样人睡着的时候，就不会有什么天地鬼神跑来捣乱了。她倒不是迷信，从来也不怕鬼神，和鬼神对话，她反而是期盼的。总还是自家老头儿吧，亲了几十年，断不了情。但是老人们说了，现实中的人不能老活在阴气中呢。阴阳两隔，总有些干扰。

刷过卧室后，白又丹躺在床上，倒有些孤独了。老头不在夜里出现了。好像元气最虚弱的阀口给塞上了。说来也怪，没多久，老董就出现在她生活里了。

这个可以称作伴儿的老董，虽然没有过世老头那份亲密和信任，但生活中他也是最靠近自己的人了。

白又丹合上房产证，重新把它锁进柜子里。她有些困了，从老董开始跟她念叨这件事，就脑子搅糊涂了，一直到今天，她懵里懵懂地，好像是被一股力量推动着前行。这股力量是爱情吗？她想不明白，又被这股力量推到沙发上，睡着了。

4

一周里,老董会来三次,隔天一次,或连着来好几天,又连着好几天没了人影。白又丹和老董的相识,是在嘉陵江河畔的嘉陵西村。说是嘉陵西村,并不是偏远乡野,而是一块城中村,四周高楼林立,玻璃幕墙,就这块地被城市森林圈起来了。其实过去,这里都是农村,嘉陵西村挨着庆大村,不过是城市化后,庆大村这名字也消失了,变成了龙湖商圈、虎头岩商圈。唯有嘉陵西村这块地还保留着,因为这里过去有一个豆腐干厂,厂倒闭后,挖掘机开了进来,弄了一地残垣断壁,地就裸露了出来。原来这豆腐干厂周围就有些田地,小打小闹的,现在田地四平八稳、像模像样地长了起来。都说这块地被纳入规划,但一等就等了好几年。这几年也不是白等的,周围的人一开始还悄悄摸摸,后来就大大方方地栽种上了葱、白菜、莴苣,绿油油的,飘散着鸡粪狗屎的味道。这平房矮屋里时常钻出几个老婆子,拎着尿桶往地里浇灌,十分珍惜的样子。老婆子也会在清晨或傍晚到这些高档小区的门外铺上一张塑料席,摆几棵菜,价格十分便宜。个头不比超市的大,但也价格低,她们会逢买家就说:"自己种的呢。"

"自己在哪里种的?"

"喏，就是那后面。"她们会摇手一指高楼后一片看不见的田地。

"就是嘉陵西村了。"有懂的人过来帮腔一句。

要是买主是年轻人，就不懂装懂地点点头，也不去计较凭空一指的那块地在哪里。

倒是那四十岁上下的女人，存心眼，多问了几句，好像立刻要去验证下是不是在那里栽种的。"用的什么化肥？"她们还会有意讹一下对方。

"自己吃的，用什么化肥！"

白又丹是知道那块地的。她也曾在那里撒过一点红苕根苗。红苕这东西不用费神，夏天掐了吃红苕尖，炒或凉拌都可以，冬天自然就刨出来吃红苕了。可白又丹并不是个勤快的农人，后来绿叶也蔫了，红苕也腐烂了，她就当是个玩。那些专心在地里倒腾的婆子，每天都是按时去施肥呢。她没有那个耐心。一个小学退休教师，种菜嘛，就当是实验好了。

有空的时候，白又丹就翻一翻那些老课本。暗黄斑点的书页上，她突然会闪过一个念头，要不要去做家教呢，老教师也是很受欢迎的。这个念头刚一冒上来，她就合上了书页。一辈子还不嫌累呢。

退休的时日，清闲了些，也被遗忘了些。站在阳台上，远远地看见城市的轮廓，说不出是忧伤还是庆幸。本城电视塔就在视线内，看着不远，也就一公里，可实际上要坐车到那塔下也得二十分钟。如果看得久了，就能看见一些不存在的黑暗，眼珠往右，它们就往右，眼珠往左，它们就往左。老了，飞蚊症越来越厉害了。她有点悲哀地想起那句话，"人老了就废了"，这眼睛大概就是最先废掉的。再往西边看，还能看见那块城中村，一点点，不多。

如果碰上阳光好的天气，在家里还是能眺望嘉陵江以北的地方。这个城市山多，转几个弯就是另一个景象了。但江不同，江水始终盘亘着，在汽车跑道之下。嘉陵江水虽然看不到，但能想象到，就在自己房屋的东边，蜿蜒着隐藏在两岸之中。

只有在夏天涨水期，可以看见黄汤汤的江水湍急涌动。那时的江水正是不好看的时候。

白又丹下得楼来，走上二里路，钻过大坪菜市场，顺着虎头岩一直往东，就到了嘉陵西村。那天也是巧了，看见好多老居民在地里，无端端地，好像发生了什么事。

白又丹也跟着去凑热闹。

嘉陵江远望清冽，但沿岸的地方却泡子翻滚，沉渣浮浪。"怎么了？"她问周围的人。周围的人也茫然，只是闹哄哄看着江面。

啥事都没有，就爱凑热闹。她一边念叨，一边沿着嘉陵江边踱步。但是人潮涌动，声浪起伏。

"可惜啊，可惜啊。"她听见一个老头说。那正是老董，他对着别人说，也对着她说。

"出啥事了？"她问。

老头只是摇头，"太年轻了。"

白又丹看看河里，没有人啊，难道有人自杀了？

"才六十二岁。"老头这次正经八百地对白又丹说，"淹死了。"

白又丹吓了一跳，又往河里看了看，没有尸体。她又转过头来，连警车、救护车都没看到。

"昨天晚上死的，清早就把尸体打捞走了。"

哦，白又丹有些失落，原来事情早发生过了。"那大家伙这是干啥呢，凭吊吗？这死者是什么人？"

"死者是什么人倒不重要，"囤积在嘉陵江边的婆子、老头都在长吁短叹，"六十二岁呢，退休金才领两年，人就没了，可惜啊可惜。"

"所以啊，买养老保险有什么用，早知道还不如存银行，吃利息也是一样的。"

"谁知道活长活短啊。"又有人反驳，"你活个九十岁不就赚了!"

"看着吧,这嘉陵西村马上就变成老人坝了。老人想不通就往这河里一跳,一了百了。"

"也真是的,非要这个时候撵我们。等我们自然死了岂不好?"

"所以说是死脑筋呢,吃屎都要赶头泡。"

白又丹从支离破碎的话语中才得知,昨晚在河里淹死的老头,是嘉陵西村的居民,也是被动员改造的居民之一。这动员工作还没进行到尾声呢,她想,这不是瞎说吗,跟暴力拆迁扯不上关系。一会儿,又有人说他是为了一个老太婆才跳河的。

越描越黑!白又丹想,一把年纪了,还能跟男女事扯上什么联系,又不是十七八岁情窦初开,要死要活的。可白又丹心虽这么想,耳朵却又挂在人堆中,想搜罗一点蛛丝马迹。

大家你一言我一语的,无非是说老头得了拆迁补偿,全给了野老太婆,老头的子女不依不饶,要他去讨回来,结果两家闹起来。至于老头掉河,是人为的,还是不小心的,总之跟这事少不了关联。

白又丹听到这里,哼了一声,她不相信这年代还有这样的故事。这些下里巴人,跟男女沾上了边的事,不论真假,都起劲着描!好像没这点事,日子就淡而无味。唉,人老了,对社会已无任何价值，自己呢，也找不到个支点，只能拿着些无关的人和事填补快入土的时间。这个八卦老人团就像个污浊的墨鱼池，大家都在里面抓瞎。

倒是刚刚见面那老头在人群里替死者洗白："人间有真情呢，不管他是不是和老太太吵架，还是为了跟老太太证明什么，总之他下河这件事是真的。这嘉陵江是母亲河，母亲河养我们，也可以杀我们。爱就是这样了，没有不行，过犹不及。到我们这个年纪，不就图个伴儿吗？"

他说起话来一板一眼，又句句在理。白又丹就多看了他几眼。

老头活泛，逮住了白又丹的目光，主动过来攀谈。他说自己住在这附近不远，过去是嘉陵西村的人，见势不妙，早搬家了，现在这块地，政府要征用为滨江景观公园，是大势，拗不过。他经常回来看看，也看看过去熟悉的朋友。"怎么以前就没碰见过你？"他最后这一句话说得有点轻佻，眼角的鱼尾纹也顺势一聚，像金鱼突然张开了尾巴，有种突如其来的招摇，但在这严肃的死亡事件之中，却让人紧绷的神经松弛了下。

"我叫董宗夏。大家都叫我老董。"

她点点头，"我叫白又丹。"两人算是认识了。

有的人，认识也就是个认识；有的人，认识是为了做亲戚。

老董就是这样，没几天他就上门了，检查白又丹家天然气漏气与否，帮着扫地洗碗，一点不见外。过几天没音信了，过几天又来了。

"我可不是学雷锋啊。"每次帮完忙，老董就对一边杵着的白又丹说话，提醒她什么似的。等她当真了，觉得要做点什么的时候，老董就说："你看你，一辈子当老师，太较真了。走，去散步。"他们就一块儿出去，到嘉陵江边转转。

江风习习，江雾隐隐，白飒飒的一片，看得见城市和邮轮的外廓，看不清星星点点的人迹。白茫茫，一切都是白茫茫。

5

这个盹打得稀里糊涂。

白又丹睁眼的时候，天是黑的，一时没搞清楚是天未亮呢还是天刚黑。看了看钟，7点半，更糊涂了。下了沙发来，到马桶上坐了会儿，闻到窗户外飘进来的火锅牛油味，才判断出应该是晚上了吧。只有夜间人们才在家里炖火锅呢。仔细又听了听，听见走廊里传来各家各户锅铲和铁锅锵锵锵的声音，又有菜刀拍案板的声音，辣椒爆炒滋滋的声音。她浑身哆嗦了下。这么晚了啊。

白天就是不经用。几件事一上手,时间就没了。所以,白天是不能安心做点自己的事情的。

儿子回不回来不去管了,老董呢,她拿起手机,没看到他的留言,于是便把电话拨了过去。

"我今天不来了,你自己吃吧,改天来看你。"电话那头嘈嘈切切,应该是在外面,超市还是大街上,白又丹心里有小小的不痛快。她打开冰箱,看见油腻腻的竹笋鸡,有几分嫌恶,拿了一个番茄、一个鸡蛋,"啪"地关上了冰箱门。

番茄鸡蛋饭,有营养又简单,永恒不变的一人晚餐。三十二年前她刚产子那会儿,婆婆就天天给她做番茄鸡蛋。"鸡蛋是最方便的营养品。"婆婆这句月子里说的话,她记了一辈子。她和婆婆的关系不好,因为月子里没有鸡鸭鱼肉,只有番茄鸡蛋。说婆婆懒也不是,她是老革命,做惯了领导,不会伺候人。年轻时一心为公,没有时间管过儿女。不仅自己长期吃单位食堂,也带子女吃食堂,不会做饭是历史遗留问题。如今上年纪了,回头来想疼孩子,主动要操持儿媳妇的月子,几番折腾,也就番茄鸡蛋最拿手。老革命做了还不忘宣传,街坊邻居一个劲点头,"这婆婆对儿媳妇可是掏心掏肺,家里家外都是一把好手,管了一代管二代!"

这婆媳嫌隙便在那时落下了。白又丹一辈子都记得番茄鸡蛋的事。

但说来也怪，一个人的时候，她总是不由自主地做这道菜，这确实是最方便的营养品。她没有了恨，只是单纯想起了这句话。

浓郁的雾缠着夜晚，像要把所有的苦恼都倒出来。车流划过地面，落下滋滋的声音，带着一股子黏劲，也有人不着急回家呢。白又丹端着餐盘，站在厨房里一口一个咀嚼着，那滋滋的声音，好像是别人的寂寞，听一听，站着也就吃完了。

6

老董和白又丹的相会没有固定时间，有时两三天，有时一两周，没有定性。但这次白又丹心里却像杂七杂八码放了一堆乱家具似的，左右都腾挪不开，等着老董来张罗。电话打了两三个过去，老董无一不推辞，意思是他投资的项目刚走上流程，得紧锣密鼓一段时间，所以暂时不去找她。"你放心，我忙就证明这是安全的，事情是正确的。"

他说的不无道理，白又丹放下手机，不知为何有点怅然。

窗外白茫茫的一片，嘉陵江是彻底看不见了，大概也隐藏在这片城市浓雾中。这江水是城市的魂，有了这点魂，这城市才生动、妩媚。虽然它一直都在，但是看不见就是看不见。

周末的时候，儿子回家了。

白又丹心不在焉地给儿子做了一荤一素一汤，儿子躺在沙发上看电视，也不搭话。直到走到饭桌前，看了看可怜兮兮的几个菜，发作起来："怎么就没点好的？"

"怎么不是好的？新鲜的夹子肉呢，芹菜肉丝，小菜豆腐汤，样样都是新鲜的。"白又丹也知道菜少了点，但是她提不起心情来做大菜，比如像以往那样，做条鱼，备上红烧肉什么的。她给自己找理由："我说你也是，这么大个人了，也不能自食其力。"

"我怎么不是自食其力了，跟你要过钱吗？爸过世的时候，还有遗产，这房子还有我的一份，你说替我存着。好，我就信你替我存着，存哪儿了，我跟你要了吗？"

一提房子，白又丹就心虚，"房子迟早都是你的，你把家成了来。"

她知道儿子现在成不了家，好像他从来也没把婚姻当大事。说他有工作吧，也不是什么大单位，别人问起，她也叫不出那公司的名字来。东一家西一家地待段时间，一问他，他就说是什么西南片区经理，芯片、集成电路，大数据时代下的产品了，总是卖什么她听不明白的乱七八糟的东西。

"你一个教小学生的老师,跟你说什么高科技你也不懂。"儿子根本就没好气解释,"大数据时代,信息化时代,电视机、手机、空调、热水器、电脑都得用的零件。"

信息化时代?掏出手机,谁不是身在其中。可往深里说,儿子和她又说不出个子丑寅卯。不过到底是自己的儿子,他说什么就信什么呗。总之也没饿死,就是有些潦倒。

"看你老了怎么办。"她狠狠地说,并不相信这个三流大学毕业的儿子能和高科技结下多大个缘分,私下里却为他攒钱。

"我三十好几了,没有随便带女人回家过夜,没有跟你要一分钱,倒是你,应该多注意点,不要被乱七八糟的人骗了。现在的老头可不比以前单纯了。"母子俩没好气地说了一通。

又过了半个月,周末,老董还是没有来,白又丹心里就有些虚了。

"最近怎么样了,不顺利吗?"

"很顺利呢,我在海南。"

"你去海南干吗,之前怎么没听你说?"

"我在跟着他们考察项目,过两天就来看你。"

这次说到做到,四天后老董就回来看白又丹了,提着大包小包的特产,椰子粉、椰子糖、珍珠项链,摆了一桌。

"再过几个月,中华鹿神就要上市了,我们去考察了下公司，我是VIP客户了，只要一上市，股价就翻十倍，怎么说呢，二十万元就变成八十万元了。我得感谢你，你是我的贵人。"

白又丹怎么听怎么都像天方夜谭。"哪有这么容易。"她担心他，可别被骗了。

"货真价实，下次带你去看看。那一大片森林都是我们的。拍了好多照片呢，我没发给你吗？对了，这次还带了好酒，中华鹿神，这可是公司自产的。养生酒。我给你留了一瓶，两千多元一瓶呢。"他去揭开背包，把那瓶红色纸盒装着的酒拿出来。酒瓶是个葫芦模样，烫金的字，非常艳俗。白又丹并不喝酒，倒也拿起瓶子看了个仔细。

"可别轻易喝，一定要在重要的场合，重要的客人来的时候喝。"老董拿过包装盒，说，"你看，你看，上面写得可清楚了。"

"那今天喝不喝呢，你？"

"找个特殊的日子，独乐乐不如众乐乐。"老董又绽放出那张笑脸，"我跟你说，有机会你也参股，到我们公司里来。只要我在，公司里一帮老少没有一个不喜欢我的，都说我幽默，笑话多。其实呢，我就是比他们见得多。我们的总经理，一个女的，才二十八岁，那叫一个利落，能干！她离婚了，一个人带着孩子，不服输呢，硬是把身价挣到了几百万。你得去听听她的演讲，太精彩了。关于森林投资，国家已经放开了，要民间资本的入驻。"

"你说你去海南看森林了？你怎么知道那块森林是你的？"

"挂了牌啊，有我的名字。"

"你走了名字也可以换别人的。"

"我有林业产权证啊。"老董顿了顿，"只是还没发下来而已。放心好了，人家这么大个公司，北京、上海、海南、湖南都有。有什么信不过的。好多中央领导干部都在买呢。"

"哪个中央领导干部？"

"嗨！你就是不相信人。"老董有点不高兴了，"人得多出去走走，长长见识。天天在家里，不长草也得发霉。"他转过头来一字一句道，"都说了好多遍，要光焰万丈，要开辟新生活，不出去，哪能晒着太阳！人老了，更要有点气魄。"

白又丹没有再说话。这话耳熟，她也曾对过世老伴如此蛮横过。她见不惯一个男人当温室花朵的样子。

"你说，咱俩要是都年轻几十岁，说不定臭味相投。"白又丹讨好地说。

"再年轻几十岁，你肯定看不上我。"

"为啥？"她不理解，似乎也有道理。

"收上吧。别扯那没用的。"

她把那瓶酒又装回红色包装盒里，放在了橱柜最右边上方的柜子里。那里放了各种酒，有两瓶是做菜用的江津老白干，认识老董后，又添了两瓶法国红酒、绍兴黄酒，还有他有时没有喝完拿回来的各种半瓶白酒，因剩着的就一直剩着，没有再喝，白又丹就隔三岔五地倒进了泡菜坛子，腌泡菜了。

两人吃过了饭，洗碗扫地，又扯了些家常。电视里正在播映我市环境污水处理取得重大成绩，嘉陵江边的餐饮船今年被取缔了一百零三家，实现了垃圾污水"零排放"，码头清理漂流物工程已经完成百分之九十，青山绿水可见，江边数千吨不合格石灰一扫而空。正在打哈欠的老董，不觉停住了嘴巴。

"你看，你看。"他招手唤白又丹来。

白又丹也往电视机前凑，"今年有点狠。"

"嘉陵西村，嘉陵西村。"老董的手往空气中指了指。白又丹等着他说下一句话，老董却把他们心知肚明的话掐断了，落在了喉头里。"明年，这滨江公园是搞定了。"他突然把话头调转了一个方向，"我说什么来着，人要有大局意识，大局意识。"

他们都没有把那最悲惨的话说出来，好像那样会一语成谶。

这晚，谁都没有说留下、要走之类的话，洗完脸，洗完脚，反锁上了门。两个人都心照不宣地坐到床头，各自盖一床被子，躺着说了一会儿话,后来其中一床被子被踢到了墙角边。又过了半个小时,两人各自盖了一床被子。

"这样睡得更好些。"一个人说。

"是啊,晚安。"另外一个人说。黑暗之中,一切又都安稳了。

7

日子很平常,三个月很快就过去了。

虽然说见面不多,但每次老董来,都主动做饭菜,洗碗筷。他眼尖,总能看见家里缺点差点什么,手脚麻利地给弄好。

"现在新出了一种加热式马桶,坐上去,不冷,还能直接在上面冲屁屁。不用手,不用弯腰啥的,屎尿都给你冲干净。"他津津有味地介绍。

"你怎么说得这么难听。"

"嘿,高级呢。"老董笑她是个蠢婆娘。

白又丹笑起来,没有男人对她说过这样的话,也就老董敢说,她也爱听。没多久,他就真的弄了一台这种马桶,装修工人在厕所里忙了三五天,把原来的拆除了,填坑,晾干,粉尘弄了一客厅。

倒腾一个家真累。但老董真男人,直接在7天连锁酒店给开了一周的房。白又丹有点犹豫,她揣测着老董是不是借机要跟她住一块儿。不愉快的前嫌飘到眼前,他们的夜晚,让人犯怵呢。可这话不能直接问。

老董像是看出了她心思,说,"放心,这是给你一个人开的,我也不想你去别人家挤,寄人篱下滋味不好。我家呢,给租出去了一间,又不方便。"

他什么都想到了。白又丹面有歉意,"瞧你这日子过的。得不偿失。"

"不急,等我这一笔赚了,再去买个新房。"老董志得意满地说。

"到时候新房又给租出去一两间?"白又丹打趣。

"租给你行不行?"他把脸凑上来,"到时你给我做饭,算租金?"

白又丹正要开口,老董一把抱住她,"说真的,咱俩一块儿过呗,等我挣到这笔钱就娶你。"

"都这把年纪了。"白又丹没有推开他。

酒店临街,晚上车来车往之声不断,但白又丹并没受到影响。想着未来有个男人替自己张罗,一切都踏实了。白天,老董过来看她,一块儿散步、吃饭,有时也到宾馆里坐坐。住到第四天的时候,老董就直接躺在了大床上,拍拍床铺,示意白又丹也躺过去,"我有重要的事情跟你说。"

他搂着她,果然没有那种事情。"你跟我在一起是不是觉得年轻了?"

"是啊。你说怪不怪,咱俩在一起怎么说话就像孩子,半大孩子。"白又丹停下来说,"老了就小了,是不是这样,其实是老了。"

"是吗?"老董一个猛子压到白又丹身上,白又丹"啊"了一声,这意料之中又意料之外的一幕已经在脑子里浮现过多次,现在就要兑现了。她闭上眼,忐忑地想着,他到底爱我什么呢?一脸的褶子,我自己都不爱看。但是身上那个声音却温柔起来,"你放心,我就想看看你的真心。"

这个看真心的过程,塞塞窣窣,像蚯蚓钻土,见不得光,又得抓紧时机,扭扭捏捏地,这周公之礼就算行完了。事后老董还体贴备至,拿过她的手,摩挲起来,大拇指在手掌中一道一道地划着,"这上面都是经络,经常刮刮有好处,头疼脑热的,刮一刮就好了。"

白又丹什么话都没说,她享受着这份宁静。老董是真细心,不用女人吩咐,就把女人心里的那点小心思都看到了。

"日子还新着呢。"老董躺在宾馆的大床上沉静了下来,"我有一个主意,到五个月的时候,中介公司会来催你还钱,如果到时候还不上的话，就麻烦了。所以呢，我们最好在它催促之前把钱弄好。"

"那是啊。"

"你这房子不是估价一百二十万元吗，我们再出去贷款一次，把这四十万元加利息按期还给第一家中介公司。这样时间又延长了半年。"

"拆东墙补西墙？"白又丹嗖地坐了起来。她真睡不惯宾馆的床，软塌塌的，越睡越疲倦，越睡越睡不着，要不是身边有个贴心人，她真有些度日如年。

"别急啊，这叫维持资金链。"老董不急不慢地说。

"那你还不如一次贷款半年。"

"利息重啊。"老董又耐心地给她算了一笔账。一次贷款三个月，还贷利息2.8%；一次贷款半年，还贷利息6.4%。这多出来的0.8，就是鼓励大家赶紧还钱啊。

"那能省多少啊，二次抵押查出来怎么办？"白又丹晃了晃脑袋，没算明白。

"我这是合法的，没有超过总价呀。"

白又丹看着他，琢磨着他思考这件事应该是很久了。可是她心里并不愿意，这样的话，她的房子已经贷出去八十多万元了。她信得过眼前这个人吗？可是刚刚他们还肌肤之亲，赤膊相见。

"你以前说咱俩是亲戚。"

"现在不仅是亲戚,是亲上加亲的亲人。"他哄起人来的样子,几道皱纹都聚集在眼角。两双眼睛像大尾巴金鱼一样,在荡漾生光。

白又丹高兴不起来。她也知道他们要谈婚论嫁必然涉及财产的事,不划算,伤脑筋。爱情说不上,但依赖还是有的。可这亲戚听上去并不让人太开心。

8

白又丹住酒店一周,接到了儿子的几个电话,没好声气。

"好端端的家,弄得乌烟瘴气。""回来休息,连撒尿都不行。"抱怨了一通。

白又丹在电话里给儿子解释新马桶的好处,"这种事情本来是你该想到的,你想不到,我自己管自己还错了!"老教师的禀性又出来了。母子俩互相挂了电话。

回到家里,白又丹做完了清洁,试了试新马桶,果然好用。过了几天就叫老董来试试。试完之后,便又跟着老董去办理了第二次贷款,即时把第一家中介公司的贷款给还了。

"其实钱蛮好挣的,是不是。"老董说,"你看我们要是永远这样,借一家还二家,就可以十年二十年不用担心钱的问题,就是自己要麻烦点,几个月就去走一趟流程。"

"话是这么说,那多操心。总是欠着钱,总得挂着个事。"

"有我在,你操心什么。"

白又丹看看头顶的黄葛树,葳蕤滋润。"这话说得也是。"她想,要老董一直在身边,自己也省心了。活了几十年,就没相信过什么人,什么都要亲力亲为。突然有个比自己能干的人,凡事都能想到自己前面,弄点招数,才觉得自己以前逞那些能也不值得一提了。说起来,她也是人前人后受人尊敬的语文老师,咬文嚼字、纠正错误也成了习惯,只要不是标准答案式的行为都看不惯。但这一切又是什么时候改变的呢?儿子,过世老伴,退休……世界在一点一点改变她的看法,过去什么都要争,渐渐地也不争了。

不再工作以后,一些判断和理解似乎都缩了头,好像遭遇了寒流的动物,只得躲在窝里、门口观天象了。这观天象也并不准确,可是话到嘴前,就变成了一缕烟雾,没了。

换作十年前,或再年轻点,碰上老董这样的人,她是睬都不睬。听不进去别人意见的男人是刚愎自用,是搬起石头砸自己的脚,她会等着看他倒霉的那一天。但是现在,老董的气焰比她还狂,理直气壮,而且在他身后还有一帮吆喝的群众,怎么看,老董说的那些也不是全都无理。中华鹿神的新闻,在百度网页上还真有一些呢。比如中华鹿神的老总——青年企业家于某某荣获某省十大杰出青年,又或中华鹿神走访某省十余村小学,捐书二十余万册等等。

更主要的是嘉陵西村的那些人,只要你走到他们中间,就会发现他们鬼鬼祟祟,密谋什么。但你一旦说出中华鹿神最近在安排海南、南昌等地的旅游,他们立即就会把你奉为知己,拉到那个圈里。

"六百元去一次海南,可不是什么人都能去的。"他们小心翼翼地谈着这些价廉物美的旅游,并且为能够入选的人员感到钦佩,甚至嫉妒。财力雄厚的人,能够分更多的汤羹,福利的天平自然也倒向他们。

"现在机票打折,所以便宜。"白又丹说。

"再打折也不会这么低。公司还给了每个人一千多元的补贴。"

这些话让白又丹心里生出一些得意。为老董,也为自己。

这些天老董还传给她一条新闻:《中华鹿神创造神话 E板股票上海挂牌》。那些企业家西装革履、神采奕奕的照片,很是激动人心。股票有风险,投入需小心。这些话她看过很多次，也信了多次，所以她自己从来不碰股票、理财基金。她不是那种缺钱的人，非要靠着一点利息或租金过活，她不想操那些闲心，也不想去冒险。每个月有多少花多少就够了，挺知足的。所以有时候她会开玩笑称"冒险家老董"，但这话里却并没有一丝鄙夷，反而是一种爱意。

有时她自己也奇怪，过去自己避之不及的这种投机分子，怎么会爱起来了呢？这种爱，不是爱情的爱，而是可爱的爱，觉得他干什么都挺有理由，任着他，随着他。这态度就像对着自己的儿子一样。想到这里她自己也吓了一跳。女人的母性竟然是源源不断的，年老时生出的这种母性让她觉得自己还是有生命力的。

很好，一切都变得越来越好。退休后那股无所事事的味儿，似乎也随着新式马桶的到来，一骨碌冲走了。

白又丹在家里踱来踱去，看着家里的什物，旧中有新，新中有旧，马桶还能自动升温呢，只要你坐上去不超过十分钟，那股热意便紧紧地贴在大腿根处，然后慢慢地爬向膝盖窝，再到小腿。坐久了，手也凉了，就把双手放在便台上。

每次用完后，白又丹都要用酒精仔仔细细地擦拭一遍便台。右手边那款小小的长方形操作台闪过几次红灯，就告休息了。

这就不是日子吗，新新旧旧地接上，不突兀，不跳跃。太新的,就像一个坑儿,迟疑着是不是自己的日子,不知经不经得起过呢。太旧了,人就在过去里给憋死了,就跟老在水里潜着不上来一样。

白又丹从书架上抽出一本书来。"人是群居动物",这是政治品德课里开篇中的一句。她看见自己的旁注:"人不能脱离社会生活,参与到社会中才有价值体现。1984年1月26日。""学生考试结束,解散,恢复平静,群居难出思想。1992年7月。"诸如此类的还有1993年、1995年的字迹。她现在倒很想写两句:"人到老弱之时,更需群居,抱团取暖擦出思想火花。"

她在书桌上找到笔,想写下来,但怎奈写到一半时,墨出不来了。怎么划都划不出一个完整的字。无奈她放下书本,又去笔筒里找其他能写出墨的签字笔,都干得差不多了。有两只钢笔,不知多久没用了,也不出水。好吧,总算找到一只圆珠笔,她又匆匆去翻开那本书,蓝色的字迹添在黑色的字迹之后,突然失去了庄严。整句话的意思也变得可笑。白又丹停顿下来,仅仅在"抱团取暖"之后写上"2019年1月13日"。

教科书又重新插入书架里。这些书脊之间藏着不少缝隙,黑灰灰的,看不清楚,可自己的一生不都是从这屋子的缝隙里渗透出来的吗,年轻时候的血气凝结在笔记中,现在呢,倒有些少了扬眉吐气的奋战感。人的一生是得多新鲜哪。这之前经历的生老病痛都不重要了，都烟消云散了。过段时间，不知老董还会给家里倒腾什么新鲜玩意呢。

过去的那老头，唯唯诺诺，逆来顺受，虽也顺心，但啥都自己说了算，又不免生出点怨气，觉得凡事都要靠自己，她小女人的藤蔓都没个地方攀附，不得不夹断、灭绝。久了，性格脾气都硬了，三句话就颐指气使。

日子一点点改变，白又丹的心情也变得莫名欢快了。小歌小曲也飞进了她的喉咙。通常是在唱完以后，她才意识到，呀，这不是过去年代的情歌吗？"小城故事多，充满喜和乐，若是你到小城来，收获特别多……""夜半三更哟，盼天明……"曲子是悠扬，但这歌词，总不是这个岁数人唱的。她回过神来，又住了口。但心里却难掩雀跃，什么也阻挡不了，要飞出窗口，那欢快劲儿不是自己的，是谁的？可不还是自己的。她脑子里突然闪过恋爱这个词，但很快就臊起来。

莫名其妙的高兴一多，就会忘掉危险。

她和老董俨然过起了夫妻般的生活，感恩之心在每天清晨拂晓时降临。餐桌上刚换了樱桃碎花的桌布，熬好的小米粥和刚蒸热的馒头。老董端起碗，喝了口，才夸了一句，锁孔就响了。

"你来我家干啥！"儿子大概是被眼前的景象惊住了，没好气地说。他一脸疲倦,直奔卧室。白又丹正在卧室翻床被,热气腾腾睡了一夜,味道还没消散。那主卧未折叠的铺盖,正在手下翻腾。

儿子在卧室门前刹了一脚,脸黑着,"昨晚又在这里睡了?"

"这孩子!说话没大没小。"母亲不高兴了。

儿子又折回到餐桌前,提高了声调,"你昨晚又睡我家里?你打算什么时候跟我妈结婚!"

老董愣了下,"年轻人,火气不要这么大。"

"不结婚,瞎睡什么睡!"什么难听他就拣什么说,"你自己没房子吗?你就这么爱蹭老太婆家!你房子租出去了!算盘打得精!"

"嚷嚷啥,嚷嚷啥。"母亲跑出来,羞得连忙给老董递眼色,快走吧。

"小子,我跟你说,这房子是你母亲的。我们是自由恋爱,你不能干涉。"

"老骚棒!"儿子继续嚷,"你交伙食费了吗?你给我家添过什么吗?你这种老头我见多了,满大街骗老太太,谁家房子大,就跑谁家来住。要过日子可以,摆一桌,两家人谈一谈,你房子呢?"

老董笑笑,"小子,你打什么主意,我清楚得很。你就一辈子啃老吧。我不跟你理论,我还有事要忙,先走了。以后我跟你妈住了新房子,你可别来蹭!"

说完,他扔下餐巾纸,头也不回地走了。

儿子气得在客厅里咆哮:"妈,不是我说你,你还为人师表,这些老头你知不知根底!"

母亲看他一脸疲倦,知道昨晚又没睡好,回家来撒气,便不言语,赶紧收拾碗筷到厨房。儿子又跟过来,"妈,你就这么熬不住啊。我都还没结婚。"

"你看你像什么样子,我还没说你,昨晚干吗了?没睡觉?别跟我撒气。"

"我上班啊。熬了一夜通宵,回来喝碗粥。你倒好,你看你干的什么事。"

"我干了什么事?"

"他怎么又在我家睡觉,他安的什么心你不知道?成天鬼鬼祟祟。"

白又丹从来没跟儿子开诚布公谈过这件事。她也不知道怎么开口,自己的事情还要征求儿子同意吗?当妈的也太窝囊了。吃饱了,人困了,就借宿了。也不是很过分的理由。

"他睡的是客房。"白又丹这话一出,自己也觉得有些不好意思。

"就算他睡的是客房,可外面的人不这么看。反正就是在家里住了一晚,还背个名。"

"他也是好意,专门来看我,昨天带了好多东西。椰子糖、椰奶……"

"又带酒了?"儿子反应过来,立马打开那个橱柜,红色礼盒的中华鹿神虽然放在最里面,但还是那么醒目,儿子手一伸,就掏了出来。

"小心啊,两千多元一瓶呢。"

儿子端详了一下,拿出手机,对着上面的二维码扫了扫,很快,脸色就变了,他的手指不停划拉着屏幕。

"他跟这家公司有什么关系?"儿子冷冷地问。

"他参股了吧。"母亲小心翼翼地说。

"他跟你借钱了吗?"

"怎么了?"

"他有没有跟你借钱?"儿子逼问。

"我哪有钱。"白又丹的声音弱了下去。

"这么说,这老头挺有钱了?"儿子阴阳怪气地说。

"他也没钱呢,他是嘉陵西村的人,这不,住的还是还建房。"白又丹问,"手机上说啥了?"

"你和他少往来。"儿子又照着手机念了起来,"中华鹿神非法集资,靠卖森林产权欺骗消费者。"儿子抬起头,"这酒也别喝了,有问题。"

"我没喝。"白又丹小声地说,心里却七上八下起来。她不敢对儿子说出实情,她怕那万一是真的。

"妈,你还是人民教师,知不知道什么叫非法集资?"儿子冷冷地说,"你不懂我告诉你!就是诈骗!"

"胡说,没有的事!"白又丹脸红起来,"绝不可能!"

"不是我说你,你几十岁的人,要找老伴,我也理解,但不能随随便便,捡到篮子里就是菜。他说他住还建房,你去看过吗?房子没我家大吧。要是你们结了婚,住哪里?住这里?我要是结了婚,住哪里?跟你们一块儿住?这不是笑话吗。他要安心结婚,就弄套房子!"

这些道理白又丹都明白,可是从儿子嘴里说出来,特别刺耳。

"行了,行了,我的事情不要你管!"

"你要是真没事情做,还可以去做做家教,老教师多吃香,不要跟这些不三不四的人混。这人是什么?城市农民,偷奸耍滑一辈子,你算不过他的!"

"你一辈子的清白啊。"他想了想又说。

"那你又在做什么？吊儿郎当，没个正业。三十好几了，东一榔头西一棒子。你看看别人像你这个岁数的，成家立业，生儿育女。你整天跟些什么人在一起，鬼头鬼脑，神龙见首不见尾。"白又丹被说得冒火了，老教师的脾气就发起来，儿子还管起娘来了！"我还没管你，你倒管我了！我告诉你，我就是把钱给他了，你又管得着什么，又不是你的钱，是我的钱！"

儿子瞪大了眼睛，"你说的是真的？"

这眼神让白又丹斗志昂扬，"我把房子押给他了！"这话一出，白又丹也有些后悔，但是已经收不回来了。

"你疯了！"儿子咆哮起来，"你把房子过户了？你把房子过户给他了！"唾沫星子从天而降。

"没有过户，我只是做他的担保人，需要房产做抵押。"白又丹的声音小下去。

"妈——"

9

人饿了就要吃饭，困了就要睡觉，这是身体的本能。但有时本能也会被强大的虚无控制。只要你心心念念一件事，这件事就会成为你的起居饮食，成为你的吃喝拉撒睡，成为你的灵魂与上帝。

因为它的无所不在、无所不控，事情和人本身也都变得虚无起来。

白又丹不觉得饿，也不觉得困。每天早早的，神志就清醒起来，想起过世老伴说过的话、做过的事，一件一桩，都清晰无比。那过世老伴也是惧内，什么都听她的，打不还手骂不还口。

以前觉得他窝囊，没出息，半天放不出个屁来，现在才觉得这样的人是最好。如果人生犯了错，那是白又丹自己的错，她能接受自己的错，会改会反省，这是教师职业给她带来的习惯。过世老伴是不会犯错的，他永远都活在自己的教导下，没有机会突围，自然不会犯错。

可是老董不一样，从一开始，他就不听从自己的安排，反而要拽着自己往他那条道上跑。他那条道，她并不太理解，只是有点新鲜。人一旦没有工作的束缚后，什么事情都会让自己新鲜。

那新鲜感是一种力量，类似铁球一样的东西，可以捆在人的脚上，不至于让人每天都过得轻飘飘的。

白又丹尽管没对任何人说，但是退休后的失重感却是一点一点到来的。早上6点醒来，精神百倍，熬上杂粮粥，煎鸡蛋，花一个小时做上营养早餐，之后去小区打上一个小时太极，回来早餐后,再读书十页,又或练习书法。刚开始一个月还井井有条,但很快惰性就像小虫子一样爬上来了。

那么讲究干吗呢?每天又没有重要的事情,没有退休前那样繁复的脑力消耗,早餐也就随便了,有时甚至懒得洗碗。看两页书,又看看阳台外,有人在跑步,有人在带着外孙闲聊,时间轻飘飘的。唉,不被社会需要了,就少了一根钢索拉着自己,这自律的桥就禁不住一点点往河下沉。

早餐也不那么讲究了。

她在网上看了几则关于传销的新闻,都和非法集资性质差不多。比如"投资"一股3万元,然后分30个月返还,每月3千元入账。若是可以发展别人进来,别人同样交3万元一股,但是发展他的人只需交2.2万元到公司,剩余8000元归发展人所有。

老董不是说他入股以后,每个月的收入都增长起来了吗?他增长的工资不是和这非法集资如出一辙吗?这新式马桶,日常大手大脚的开销莫不都是这样来的?

钱,跟痔疮便秘一样,不容多问。她白又丹就不怎么问老董。含沙射影、指东打西地碰到这个问题,老董也打太极:"我这个人是有钱就花,没钱就蹭。""钱是越花越有的。"

他这种态度虽然让人觉得不爽快,但是她也理解。于是自己倒做出大方的姿态:"我每个月就四千元养老金,和儿子一块儿吃饭不多也不少。"但她心里想着,这四千元也不少了,在退休人士里算是很不错了呢,每个月还能攒下一点。她把这份洋洋得意轻描淡写地表达出来,好像根本不在意钱一样。这也是她希望在老董那里留下的印象。

她到底是哪里错了?

儿子天天回来说这是个传销公司、诈骗公司,白又丹白天只管盯着电脑,希望找到点更多的线索,但是关于中华鹿神的就那么点儿。

不久后,她又翻看到一条新闻,上面说,鹿神酒业从2012年开始已经在全国发展了一百余家代理商,未来更计划在全国建立数千家统一标准化的专卖店、直营店,产品和服务将覆盖中国大陆所有地区。

"这些画饼充饥的话,你都信!"儿子立即反驳了她。

白又丹感觉自己每天都在海浪里,被两拨不同方向的海水冲击着。她点开110的法律咨询网页,开始详细询问中华鹿神是否是传销组织。然后一个叫付媛媛的律师只是简单回复了几个字:"可以报警处理。"

白又丹陷入了更深的迷惘。老董几乎不接她的电话了。

日子也从不接电话开始,不讲究起来。

不讲究起来，每天的时间仍是过得很快。白又丹远远看着嘉陵江，江上的桥都坚硬结实，钢拉索在天空中划出恒久不变的五线谱，但是白又丹觉得自己的拉索上有个零件掉了，这些人生中的零件，总会被时间风雨腐蚀的，它们正在以不易察觉的速度下坠。

就这样东混混，西混混，时间也就不在了。明明去菜市场买了丰盛的食材，轮到11点半时，又提不起劲儿来做，有时就下碗面应付过去了。到了晚上，想想，一个人，弄什么大餐呢，还是炒个素菜对付过去吧。

只有每次到菜市场时，看见那些琳琅满目的新鲜食材，又幻想起今天得做个宫保肉丁、红烧肥肠，满身欢心地要和厨房大战一场。然而这种美好的感觉到了家里，不到两个小时，便消停殆尽。

白日里东想西想就滑向夜晚了。过去的事情，未来的事情，空耗神思。有时呢，白又丹也去逛街，买双鞋，逛逛书店、公园，但心中并没有升腾起满足感，她只看到一些和她差不多年纪的老人在那里，说的也是各自儿女或孙子孙女，那些谈话并不能让她高兴，只是另一种打发时间。

她就坐在这种百无聊赖的时间之上。

她怎么可能会被骗，教书育人一辈子，老了老了，她还错了?但是她还是存了一点侥幸,老董不会骗她,他们不是一门亲戚吗?

她给他打了几个电话,"儿子知道了。"

"你这不是给自己找事吗!你还信不过我!"

"那你什么时候能把钱还上。"

"等一等啊。"

10

白又丹坐在阳台上,看着远处的那块天发呆。白茫茫的,看也看不透,就是耗着,等一等。是啊,万事都要等一等,时间长了,自然有分晓。

但是儿子不放过她。

"你带我去那家公司!"儿子冲母亲嚷道,"把他叫上,一块儿!"

白又丹面露难色,"等一等啊,怎么就不相信人。"

"他不愿去吧!"儿子说,"你带我去。"

云朵抱成一片,遮蔽着整个城市。母子俩一前一后走着。白又丹想起小时候,都是她拖着孩子去学校,一路数落,现在她觉得自己是那个孩子。

公司还在，前台小姐礼貌地把他们带到经理办公室。

"阿姨，这合同是白纸黑字，有您的签字，有我们的公章，是合乎法律程序的，只要让他在规定时间内把钱还上，这房产证就还是您的。"

"可是还有四十五天了啊。"

"是啊，到了四十五天若没还，我们就会申请法院没收您的房产进行拍卖。这也是合乎法律程序的。"

"我只是担保人啊，不是我借钱，你应该找他——董宗夏还钱啊。这是我唯一的房子，你要把我的房子收了，我到哪里去住啊，我只能流落街头。"说着，白又丹就哭了起来。

儿子在一旁早就看得不耐烦了，"是这样的，我妈被人骗了，这个合同是不成立的，你们最好找到董宗夏，跟他交涉。这件事跟我们是没有关系的。"

"这位先生，合同是真实有效的。你放心。如果你觉得你母亲被骗了，就应该找到当事人。如果要走法律程序，你和他打官司。如果你跟我们公司上法庭的话，你也不会胜诉。"

"你们这是诱骗，是诈骗！"儿子拍起来桌子。

但是立马就有保安控制了他。

"请你冷静，先生。"他们不动声色地说，"是不是诈骗，不是你说了算。你可以去咨询律师。如果你要在我们办公室动粗，我们也不会客气的，你影响到了我们公司的声誉。"

白又丹一句话都插不上，尤其是儿子怒火冲天的样子。他从来都控制不住自己的情绪。在这一点上，他越来越像自己，一点点小事都容易被点燃成一场大火。不过以前这场大火是冲着过世老伴的，他已经被烧没了。现在那场被继承的大火正在扑向自己。白又丹自己挪到门口。她希望儿子像以往一样，在她的示意下，会跟过来。他太不会处事了，只会一味地闹，他盲目地相信，闹，总会有结果的。

天空还是白茫茫一片，没有任何色彩，车来车往，川流不息，白又丹心中升起一股无所依傍的悲哀。

教了一辈子的书，老了，自己倒给人学费。她抹了一把眼泪，不相信。

11

在区法院所在地的桂林街，大大小小有二十几家律师事务所。找一两家问问，总会有办法的。

白又丹在这条街上张望了好一会儿。"墨点"律师事务所门口的一个男人叫住了她。

"阿姨，是不是有什么事啊？"

"啊。"白又丹犹豫着,要不要过去问问。

"进来坐坐呀。"

"啊。"白又丹琢磨咨询费贵不贵呢?

"不管大事小事,多问一问,总还是好的。"那男人笑容可掬。

白又丹不自觉地把脚踏了进去。她吞吞吐吐地把房产证抵押的事情说了一遍。

"哦,这种事情呀,我们见得多了,要分两面看。"

白又丹舒了一口气,心想,我就说了,我当了一辈子教师,难道还要被人教育不成?"两面看,怎么讲?"

"一种呢,就是确实是你的笔迹,是你在清醒状态下签字的,有录音录像的,这种合同就是有效的,时间一到,还不上钱,就得抵押。另一种呢,是你在不清醒状态下的行为,是被人胁迫的,利诱的。"

"这个怎么去鉴定呢?"

"这个鉴定就很费周折了呀。"男人搓搓手掌,"要去取证,调取摄像头里的资料,还要有人证。或者,医院能给你开精神不正常的证明。"他小声地诡异道。

白又丹愣了一下,意会其中蹊跷,问:"你是这家事务所老板吧?"

"我不是老板。"小伙子笑了,"我只是个律师。"他递了一张名片给他,洪武迪。

"小洪律师,你们怎么收费呢,就我这桩事。"白又丹想,这次一定得把价格问好了,不能稀里糊涂。

"如果你要在我们这里做官司呢,这些咨询费啊,就给你免了。你知道这些取证什么的,都很费时费力,也是成本。不过呢,我们的主要目的是帮助受害者争取应得的利益,所以我们到时会收取你房屋的百分之三的服务费。"

"那要败诉了呢。"

"那我们就收点手续费,也不多。"男人说,"不过阿姨,我们也不想败诉,我们不打没把握的仗。"

白又丹露出了满意的笑。她站起身来,"那我带你去那家公司吧。"

"先不着急,你填张表格吧。"男人说,"阿姨,你把地址写清楚,我们自己会去调查,完后你就回家等消息,有进展我们会立即通知你的。为了表示互相的诚意,你到那边那个女孩子那儿去,"他指了指后面,"扫个二维码,付上诚意金。"

白又丹愣了一下。

"阿姨,别着急,这三千元诚意金,到时会在你的总金额里减除的。总价还是百分之三。"

白又丹按了按皮包,"我没带这么多钱出来。也没带卡。"

"没关系,等你。你肯定也是比较过许多家事务所了,我们这家也是你精挑细选的结果。"小伙子接着说,"不过取证这件事,一定要尽快,有的摄像头资料保存期只有一个月,长则半年。夜长梦多。"

"啊,"白又丹叫了起来,"好像超过了半年。"

"没有关系,这种技术难题,我们有办法攻克的。"他露出了笃定可信的表情,"我们有专业的技术支持。丢失的文件我们也能找回。"

白又丹站在"墨点"律师事务所的门口,一街望去,大大小小红的蓝的招牌杂陈,多少艰难苦恨、人间不满都扎堆在这里了。她其实还可以再去问问。

一辆摩托车"嚓"地在门口停了下来,来者从包里掏出一叠密封文件袋。男人走过去,签了字。

"阿姨,看吧,这些都是我们代理的案件,时间就是胜利。"

12

城市的灯光通宵达旦,遮光窗帘也不能完全阻挡,这一夜,白又丹睡得并不踏实。她还是觉得应该货比三家。

半夜坐起来,望着灰憧憧的家具,悲从心来。这三千元怕是打水漂了。她打开台灯,又拿出纸张来划拉,这下损失的,可就是一处房子加三千元了。她又想到儿子那张脸色,咆哮的样子。

黑夜醒来的人是会受到惩罚的,比如孤独感全从家具里跑了出来,怪物似的蹲在白又丹旁边。她睡也不是,不睡也不是,头脑昏沉地和那些怪物相对,得硬撑着,仿佛睡着了,房子和三千元就果真要蒸发了一样。

熬着,不知不觉,天就露出了晨曦。白又丹收拾洗漱了自己,又往桂林街上去溜达。

她悄悄地去了几家律师事务所。这次她狠了狠心,交了几个二百元的咨询费,得到的结果大致相同,她心里才踏实了。但是对方也把话说得很活,"最大的难度在是否能成功取证影像资料。"

好吧,万事万物自有定律。这一日回到家,天又黑了。白又丹筋疲力尽地坐在沙发上,差点睡着,门就吱嘎开了。不用看,她也知道是儿子回来了。

"没做饭啊。"那头不阴不阳地说。

白又丹没搭理。

"怎么,你自己都不想吃饭了?"

"三十几的人了,还要我给你当保姆?"白又丹有气无力。

"嘿——"儿子大概是被刺激了,走到白又丹面前,"妈,你可不能生病,不然我们的房子可就要不回来了。不是我说你——"

"说什么说,有什么好说的。我过的桥比你走的路多。我不过就是不小心栽了跟头,难道就爬不起来了?"

儿子愣了下,"怎么?老头把钱还你了?"

白又丹拍拍沙发,"柳暗花明又一村。"白又丹又如是这般将律师事务所取证的事情讲了一遍。

"这么说,这合同也可能无效?"

"法律也不外乎人情。"白又丹把律师的话又说了一遍。

儿子半信半疑,"我也觉得这事有回旋的余地。那咨询费怎么算?"

"这些都是小钱。"白又丹不耐烦地挥挥手,将诚意金的事情按下不表。

"那得赶紧催了,可别夜长梦多。"儿子去厨房弄了两碗面,两人稀里哗啦地吃完,将碗筷往厨房一扔,就啥也不管了。

一周后，白又丹就接到了"墨点"律师事务所的电话，有要事商谈。

"阿姨，取证很困难。我们没有明确的理由调取监控影像。而且时间太久。"

"可是，你们收钱的时候，不是打包票说没问题吗？"白又丹嚷了起来。

"阿姨，别激动。"小洪律师说，"我们需要一些潜规则行为。至于具体怎么说，这是我们的事情，也不便告诉您。不过要打点这那的，这样成本就得增加。"他目不转睛地看着她。

这眼神让白又丹似曾相识。

她是什么时候变得心软的？大概是退休后吧。那无所事事的白日夜晚，这样的眼神让人心定。

"上次我跟你提到的去医院开证明的事，还记得吧，不到万不得已，我们不走这一步。怎么说呢，您以后还得过日子啊。"他指指自己的脑袋，"要是官司闹起来，说您这里不对，以后可难安生了。"

年轻人的目光坦然真诚，句句在理。终于，她想起在哪里看到这目光了，白又丹低下了头，"房子能要回来吗？"

"我们一起努力好吗？"

"好吧，要加多少？"她认输。

"两万元,还是那个二维码。"他温和地指了指后面,"分五次交,阿姨,因为有限额。"

她不太懂他的话,"这么多,我得去银行取钱。"

"不用,阿姨,分五次交,一次四千元,操作很快。看见那个女孩没有,她会教您的。"

白又丹有点不信任。两万元,她有可能在去银行的路上又后悔了。年轻人温柔地盯着她,"我们会给您开凭据的,您放心。法院就在这条街上,我们怎么会乱来。"

他说出了她的心思,反而让人不好意思了。

二维码像个老虎口,等着白又丹走过去。她听着女孩子介绍,云里雾里,最后只听到"嘟嘟"的几声,老虎吃饱了,放过了她。

"还会再交钱吗?"办完事,白又丹心有余悸地说。

"阿姨,等我们的消息吧。这件事会有余地的。"

"大概还要等多久?就快到抵押期限了。"

"阿姨,您电话是不是响了?"

"没有啊。"

"您看看,响了一会儿了。"年轻人指指她的挎包。

董宗夏的电话。白又丹一时不知该不该接。好像刚刚放的一道暗箭,被人接住了。

"要不，您先接电话，回头聊？"年轻人送客。空气中有含混的人语声，遥远的地方模糊的欢快，她辨不清。

"老妹，多长时间没联系了。"她忐忑不安地听对方说话，不知他是否已经知道她的行动，"还在生气？"

"哦，你忙啊。"

"都是无事忙。"他懒散的口吻像草丛中若隐若现的虫子。"出来喝茶吧？"他试探她的口气，"要不还是你家，儿子在吗？"

若不是因为刚刚交了两万元，她白又丹立马就要跟他横眉冷对，他可真会挑时候。"儿子在呢。"她不知道是不是该拒绝。

"他知道房子的事了？"老董顿了顿，"你得相信我。这周末咱们一块儿去钓鱼吧，我知道有个好地方，山清水秀，在四面山脚下。"

"我不会钓鱼。"

"老妹，生啥气呢。咱多久没见了。你不是也想见我吗，说道说道房子的事。"

"你要不把房子的款给还了吧，快到期了。"她临时决定放他一马，那两万三千八百元，就不要了，要怪就怪自己没什么财运，不是在这里落了金，就是在那里掉了银。

"我有一个办法，就是准备跟你商量，不能一条道走到黑。"

白又丹不知道他葫芦里卖什么药，"我可没钱了。"他是要继续借钱吗？

"谁跟你要钱了。你是整天待在书斋里，都不知道外面的世界怎样了。信用卡知道吧，这就是个信用支付的世界。你出来，咱俩唠唠正事，尽扯些没用的。"

白又丹坐了两站车的路，约在说好的九龙广场见面。

虽然是工作日，九龙广场仍旧人流穿梭，三三两两拎着小包顾盼生辉的年轻女人，散发传单的年轻男人，还有一些像她一样，一看就是退休了没事瞎逛的老年人。唯有保利电影院的电影预告片在上方闹着。

她捡了一处没人的空椅子坐下。老董找她干什么呢？她揣测着，如果他把钱还了，之前的事就当没发生过？可这转换也太快，她的心里还一时无法从情绪里转弯。白又丹平复着这段时间里的怨愤和生气，尽量把事情往好的方面想，毕竟他还给家里重新装修过，也不是谁都能做到这一步。

商业楼的绿幕玻璃反射出人们的样子，像流动的船，煞是好看。一个穿白牡丹蓝底衬衣的男人出现在里面，然后越走越远，到了白又丹身边。她抬起头来，没认出来。

"老妹。"

这一声让白又丹吓了一跳。

"怎么穿成这样?"

"哪样?"老董见惯不怪地说。

"找我什么事?"白又丹有点没底气。

"没事就不能找你?"

"没事你确实没有找我啊。"

"你看你,什么事都这么较真。"老董坐下来,"儿子知道房子的事了?"

"是啊,电话里不是跟你说了吗。"真是明知故问,没话找话。

"我想到一个办法。"他转过头来。白又丹看见他领子上也有一朵半朵的白牡丹,这种料子做裙子倒是挺好看的。"怎么样,这牡丹喜欢吧。"老董注意到白又丹的眼神,"回头我给你弄一件,是苎麻的,荣昌非遗文化产品呢。"

白又丹撇过头去,"什么办法?"

"这不是要到期了吗,可是我一时还不上。不过呢,这个房子还可以进行二次抵押,毕竟总价值在那里,用这个二次抵押款去还一次抵押的欠款,这事不就成了。"他满面堆笑地说。

白又丹望着他,"什么意思?"

"就跟信用卡的道理一样。你办理了两张信用卡,这个月你用第一张卡透支了三千元,那么第二个月就用第二张卡去透支三千元,去还第一张卡的欠款。到第三个月,又用第一张卡去透支三千元去还第二张卡的欠款。这样,你根本不需要花自己一分钱,就可以不负债了。左手倒右手的道理。"

白又丹瞪大了眼睛。

"当然了,人得勤快一点。熟悉了这套流程,都很简单。"

"你真想得出来。你是要把我的房子全部耗干吧。"白又丹跳了起来。

"坐下,坐下,你这是怎么了。这道理我以前就跟你讲过,什么时候?就是装马桶的时候。"老董拽着她的手,心疼地抚摸,"瞧瞧,我不在了几天,你就变了一个人。"他凑在她耳边,软软地说,"老话怎么说的,男人不在身边,女人就是要上天呢。"

白又丹尽量压制着怒火,今天他穿这一身花里胡哨的,就让自己很不顺眼,现在又说出这番话。

"董宗夏,我老实告诉你,你还必须得把钱给我还上,否则就法庭见!"她气势汹汹。

他扑哧笑了出来,"法庭见?法庭怎么见?字是你签的,手印是你盖的!都是你情我愿的事,我一没绑架你,二没给你下药。有证人,有录影,关我什么事。"

白又丹气得说不出话。这就是跟她亲密无间,给她装马桶,躺在松软大床上絮絮叨叨的那个男人吗?还说什么老来光焰万丈,放手搏一搏,还说什么断头甘蔗重新甜,真是耻辱!她那老教师的脾气上来了,正待发作,董宗夏拍了一下她的肩。

"老妹,白又丹老师,我们也算亲戚一场。老哥我今天好心好意来帮你。前段时间你给我打电话,也不管我方不方便,人在哪里,只顾着自己。我说让你等一等,绝对不是敷衍你的话,我怕你着急上火,怕你做傻事想不开,天天替你想办法,渡过眼前难关。你帮了我,我也得帮你,我不能让你来背债,让你来背黑锅。可是,你拿我当什么人?你有没有当我是自己人!你当我是这街上发传单的吗?"董宗夏指了指路上那西装革履的传单男,"你以为我跟他们一样吗?就是先忽悠你,到手以后就不管你!你是这样想的吗?"他的指点引来了对方的张望,那传单男似乎捕捉到商机,径直朝这边走来。

"跟我走。"董宗夏拉起白又丹的手,迅速离开屁股下的那张凳子。往哪里走,两个人都没个方向,只好远离人群,走到几株女贞花旁。女贞花有一股刺鼻的味道,不好闻。花已经成熟过头,垂挂着压弯了枝丫,像女人上了年岁的乳房,不再惹人心疼。

"以前我说过,你是女中豪杰,我服你。现在呢,我才知道我看走眼了,钱不是万能的,但是,钱,可以衡量很多事情!"他又一鼓作气说了一堆,"你竟然说要法庭见!先不说你能不能告倒我,就是你要告我这件事,就足以让人心寒。我真瞎了眼!"他长长地吸了一口气,好像那些委屈都攒了几坛子,"我们是要共度一生的,你倒好,先拆了桥。好,你的人生我也不管了,我的人生,你也不要管了,我们以后谁也别找谁。"

"哎——"白又丹被抢白了一顿,还没回过神来。

"女人就是女人,我以后再也不会跟女人借钱了。"他一甩她的手,大步向前走去。看他走远,牡丹花也跟着抖动起来,连滚带爬地跟着他。

反了反了,全都反了,白又丹气得心绪难定,怎么会是这种局面。老董肯定会回来的,今天的话还没说清楚呢。大约十来分钟,她清醒过来,赶紧给董宗夏打电话,但是对方关机了。

14

"天天630"专门为人解决鸡毛蒜皮的事情,下水道堵了,厕所漏水了,小狗走失了,他们都能给做好。这是本地电视台最得民心的电视节目。

傍晚,棋牌室、理发店、餐馆里最爱放的电视节目就是天天630。观者一个个仰着头,或吼一声"碰",或刨两口饭,耳朵里眼睛里挂着别人的麻烦是怎么解决的,心里就有数了。

"天天630"的电话很好记,63905555。这电话号码就像一个人在哭,呜呜呜,快去投诉。这些天,白又丹拨了好几次都没打通。她转念一想,是假的吧?谁会要这么扫兴的电话号码。唉,人要是倒霉起来,整个世界都会骗你。她把心一横,直接到天天630那里,当面去问问好了。

前台把白又丹领到了访问室,一个二十岁出头的小记者接待了她,他看上去比自己儿子还小十岁。这孩子太小了,他有多少社会经验?白又丹心里有点犯怵。

热线部里听见此起彼伏的接线员声音,"你好,这里是天天630,专门为你排忧解难。"小伙子拿着个笔记本,一只签字笔,严阵以待。

"他是我的一个朋友,需要钱,找的一家贷款公司,用我的房产证做的抵押,现在我找不到这个朋友了。他们发来了抵押通知单,要接收我的房子。"白又丹的心定了定,把事情的来龙去脉说了一通。

小伙子搁下了手中的笔,"阿姨,这件事你最好得问律师,让律师给你打官司。"

"你们能不能在电视上帮我反映反映这个情况,给他们一点舆论压力。"

"阿姨,新闻不是万能的。而且,你这个情况特别复杂。"

"可是我找不到这个朋友。你们能不能帮我找找?"

"我们怎么找呢?"记者面露难色。"如果是诈骗,你就只能走法律程序,时间那么紧迫。"

"你说这合同是真的还是假的?"

"我听你这么一说,不像是假的。可是,我也没有去调查,只是听了你的一面之词。"

"小伙子,我跟你讲实话吧。我找了一个律师事务所。他们说可以取证,但是我已经交了两万三千八百元了,现在我没有多余的钱继续去取证了。而且,我不知道……"她哽咽起来。

"阿姨,别难过,我可以帮你联系下老董。"小伙子按照白又丹提供的电话打了过去,刚说到没两句,电话就掐断了。

"他说什么?"

"他什么都没说,很忙。我稍后再打吧。"小伙子的眼神闪烁。

白又丹挤出泪来,"那我就快无家可归了吗,就没有人帮帮我了吗?"

记者赶紧安慰:"阿姨,别着急,总会有办法的。你先别哭,我想想。"

这话一说，白又丹更难过了。好长时间以来的猜测、委屈都一股脑跑了出来，它们淅淅沥沥汇成小溪，从眼眶里渗透出来。

这一辈子白又丹没哭过几回。如果有什么不顺心的事，她就吵，就骂。过去有老伴来当垃圾桶，他嘴拙，还不过来，干脆就不还嘴了。几十年都如此。他后来患病，大家都说是被白又丹压抑坏了得病的。白又丹虽然脾气暴，嘴不好，可嚷嚷下来，她自己倒没什么事了，照样吃喝拉撒。被她骂过的学生也不计其数，几十年后，也还记得她，不过这记得并没有恶意。学生们都成年人了，知道这老师是嘴上火山，没坏心。

可自从老伴走了后，白又丹就骂不出来了。

碰见什么人或什么事，她先怵一怵，掂量一下就不开口了。后来又碰上老董这样的人，白又丹为人师表一辈子，也是好脸面的，不能一开始就把人给骂跑了，所以就算有看不惯的地方，她先矮了几分，决定观察观察再说。

儿子的事情也有点让她抬不起头来，就没有了以前在学校春风得意马蹄疾的劲头。她这个语文年级组组长，已经慢慢地萎靡了。

现在，只有眼泪一颗颗往下滴。在这个不明就里的小孩子面前，白又丹没有一点伪装，也不需要。她就是个弱老婆子。

她从不愿相信的事情,现在开始相信了,那就是,她被骗了,她老无所依了。她脑子里突然出现自己住在桥洞下面的情景。她可是爱干净的人,每过一周都要换洗被子床单的。以后呢,蚊虫鼠蚁,天寒地冻,想起来就可怕。她这个退休的语文年级组组长,落魄到这个地步。她的泪水怎么都没法淹没那些即将到来的事实。

"这样,我们台里有自己的律师,让他给看看这个官司如何。"小伙子安慰她,陪同她到电视台法律顾问的办公室。那里坐着一个西装革履的中年人。

小伙子简单陈述了事由。白又丹还想补充两句,律师做了个暂停的手势,表示已经理解。"如果是签字盖章了,这合同就是真实可信的,他们有权收回房子,至于你当时是主动还是被动签字,得有其他的证据,这就比较麻烦了。"

"我知道是很麻烦,我想请你们呼吁一下,法律也不外乎人情。"她哭丧着脸。

"你们是夫妻吗?"小伙子问。

白又丹摇摇头,又说:"我们是亲戚。"

小伙子叹口气,"亲戚啊,还就不好弄上法庭了。"

"你已经请了律师了,应该让他们跟进下,不知道他们用的什么手段,总之很棘手。"

走出电视台的大门,白又丹真是绝望了。她一时有些后悔那天放他走。他是来真心帮助自己的吗,如果是,为何这么绝情?如果不是,又何必要来见呢?

她这下是真不知该怎么办了。

15

灯火阑珊,家家户户跳起锅边舞。油麦尖、辣子鸡的味道飘散出来,在小区里闻着让人吞咽口水。真是饿了。白又丹胸口吊着一口气,手哆嗦着打开自家门。

"你找他去了?"儿子冷不丁从黑暗里冒出一句,白又丹吓了一跳。"没有。"她本能地回应。

"你这几天干啥去了?早出晚归,有进展没?"

真是哪壶不开提哪壶。白又丹打开灯,钻到厨房里。窗外望去车水马龙,有多少人在奔着欢喜,奔着烦恼。那些明亮的路灯,安慰着夜里的清苦。以后,她的家会在哪里呢?

大概是听见母亲好一会儿没声音,儿子也跟着到厨房。

"你是不是去找他了?"声音从白又丹身后传来,"事到如今,你还在护着他,他有没有想过你,让你一个孤老太婆住哪里,让我们一家人住哪里?早就跟你说了,让你把房子早点过户到我名下,现在好了,白白送人了。他会给你养老送终吗?你相信外人,都不信自己的骨肉。"

白又丹迅速拿出铁锅,去接了水,放在灶上,点燃天然气。

"你也别去找律师了,没用。我去问过了,擒贼要擒王,直接把那死老头捉住,让他写一张证明,证明你是被骗的。这事该咋办就咋办,不能轻易放过他。"

白又丹愣了一下,她怎么没想到这点呢,那天,他是鲤鱼抽身?

"吃挂面吧。"白又丹对身后人说。可他那天好言好语地教她办法,他也并不是要和自己一刀两断,是自己提到了上法庭,结果不欢而散。她已经被弄得完全糊涂了。

"吃了你带我去找他。"儿子一字一顿地说,"非去不可!"

疲倦刹那间涌上头来,她摇晃了一下,按住了大理石灶台。

董宗夏的家她一次也没去过。过去老董说他那户还建房面积大,自己一人住浪费,把其中一个房间给租了出去,一个月五百元。也就是说老董和租赁人合住一间屋呢。他的妻儿也没跟他在一起,一个孤老头子。找个人一起住,也算搭个伴。那时自己没多想,觉得一个人有一个人的生活,他的妻儿呢,她自然没多问。

她在他眼里是女中豪杰,是巾帼。大概也是因为对他的私生活不问不闻吧。

这两碗面条放了特别多的蒜,多吃蒜提神呢,可吃完后又不觉有些胃痛。白又丹和儿子一前一后走出小区,她没有斗志。她还没有完全疲倦,虽然疲倦有时像风一样,吹得她一会儿站不稳脚跟。儿子也不说话,他们就默默地走着。他们像十几年前,天未亮她催促着他去上学,即便百般不情愿,一旦走起来,就只有继续走下去。

此时,她不想嘱咐他什么,再多的嘱咐都只是火上浇油。她只能祈求上天给一点好运气。他们在路边打到了车,十几分钟后停到了老董的楼下。

进电梯,按下 15 楼,出电梯门,15-8 的门牌号下,儿子一顿狂敲。

老董果然没有在家,只是租赁户在里面,开门问何事。

儿子问房东什么时候回来,租赁户说不知道,有好几天没看见他了。

"我说什么来着,"儿子手指着天空,暴跳如雷,"跑了吧,跑了!"那一路而行的默默无语此刻竟像爆竹一样乱响。

但是环顾整个套房,确实没有什么值钱的东西。一个竹制的简易沙发在客厅,茶几也是竹制的,特别小,电视剧还是方头大脑那种,连液晶显示屏都不是。"就这破屋!"儿子拿出事先准备好的工具，劈开了老董卧室的门。

租赁户吓得战战兢兢，"你们是——"

"我们是来要债的！"

卧室里非常冷清，那里面除了一床一柜一书桌外，更无他物。而且看上去没有女人的痕迹，就是一个孤寡老头的卧房。

儿子继续劈开衣柜，一些旧衣裤而已，翻遍了也没找到值钱的东西。一怒之下，他把客厅里能砍的都砍了。

租赁户见来者不善，悄悄拨打了110。

"大门别给砸呀，我们晚上还住这里呢。"租赁户嚷嚷道，但是门锁已经被砍坏了。

白又丹站在一旁，什么话也说不出来，她知道儿子这每下去的一刀，都把有可能退还的钱币砍没了。

"我就不信他不回来！"

谁都不敢去惹他。

白又丹只想闭上眼睛，她觉得浑身发冷，一阵阵的。他坐到客厅的那张竹制沙发上，屁股一落就听见吱吱嘎嘎的声音，这声音让人更冷，让人想起这冰冷的竹子上是没有铺垫任何坐垫的。她需要一床被子，轻轻盖住她，她已经好几天没有睡觉了。就这样坐着也行，困意攒了几天，大概也是来催债了，它们把她团团围住，动弹不得，也不想动弹。

"老人家！哎，快看你妈！"

"快点打 120，她晕了——"

我困。白又丹嘴里咕哝这句话，并没有被听见。砸，使劲砸，她想，我先睡一觉，很久都没睡着过了。

16

这个城市的寒冷通常是在夜晚发生的。

悄无声息的一场雨，睡梦中温度计指针下降了几厘米，第二天早上起来，身体便不耐受了。一些老年人、中年人甚至小孩都平白无故地咳嗽起来。与此同时，嘉陵江边上赤膊挥舞的人也多了。

冬游爱好者大多是五十岁以上的人，退休的或退居二线的居多。他们的装备都很简单，泳帽、裤衩，有时就戴个泳帽，赤身跳进江里。这些人，每周都会去两三次，彼此像约好一样，下午 3 点钟就有人陆续钻进冰凉的水里。冬天的江水温婉如玉，远远地看见一艘拉货的船在江上划出涟漪，观者就眼睛都离不开了。那嘉陵江的褶子是织锦旗袍上的一道道花纹，有多少故事藏着，二十年前、三十年前的嘉陵江是怎样的？人们就禁不住会想象一番。这无声的静默中，又听得船鸣一声，已经跑出几栋楼那么远了。

嘉陵西村靠江的那条路不知何事被围了起来。围起来的里面,是已被掘地三尺后的烂路。蓝色的防护围板拉长了千余米。东边的两块板子之间有缝隙,便有冬泳者从这缝隙里钻进钻出。

从医院溜出来之前,白又丹偷偷换上了自己酸臭不堪的衣服,她也从这缝隙里钻了进去。站在嘉陵西村附近的江边,也不觉得冷,她已经在这里站了半个小时了。有一些若隐若现的人头在江里,她等着他们上岸。

他们都带着游泳帽,大半个身子沉浸在江水里,根本看不清谁是谁。

她承认自己是想碰碰运气。连续八天了,她也没看到什么蛛丝马迹。

5点钟的天空出现大片红云,很多人发出了赞叹,一同欣赏这罕见的奇观。白又丹眼睛盯着江水已经有些模糊了,她闭上眼睛,眼泪就浸了出来。

"嘿,那里有个老太婆在偷窥呢!"

"老来骚,不怕得鸡眼。"

有过路换装的人厌恶地瞪了她几眼。

"要不要一起下来啊?"

水里发出淫邪的笑声。

白又丹从那缝隙处又钻了出来,她有些羞愤,却又不知该怎么办。有个提油漆桶的民工大声嚷嚷地冲她而来,叫她小心点,这是施工重地。

"修滨江路!"后面而至的民工补充道,依然没有好声气。

"什么时候修好啊?"

但远去的队伍已经没有回答她了。

那个带红色帽子的人当初并未引起她的注意,但是他走路的样子,说话的手势,让白又丹眨了好几次眼。这么长时间没见了,她以为自己已经忘记了他的样子,但是人在眼前还是认了出来。他旁边有一个年纪也不小的妇人。

白又丹一个箭步走了过去。

"老董!董宗夏!"

他停下来,没有丝毫躲避,"是你啊。"

白又丹打量身边这个妇人,不用问,也明白了几分。她有三秒钟犹豫要不要给这个男人留一点尊严,别在人前戳破他的花花肠子,但老董先发制人。

"就按我教你的方法去做,你看你,电话里不是跟你说得很清楚了吗,你还要来问。"他又转过头对那个女人点点头,又转过来对着白又丹说,"你们每个人都来问我,我干脆开个培训班得了,一劳永逸,还能挣点钱,到哪里去找我这么好的义务老师。"他连珠炮地抢白了一顿,噎得白又丹好不生气。

"董宗夏,你积不积德!"

但这句话那个妇人已经听不见了,老董说话的时候就已经把白又丹拽到边上去了。

"我不是告诉你了吗,你那房子可以继续贷款,把这一家的先还上,就可以把期限延长。再说了,我又不是不还你钱。为什么躲着你?还不是因为你那个疯狗儿子!因为你要告我!把我家砸了不说,哎,我还没找你们要赔款了。算了算了,就当是被疯狗咬了。你们给我造成多大的损失。"

"董宗夏,还钱……"准备了滔滔不绝攻势的白又丹说不出话来。

"行了行了,我不能老让朋友等我,这太没礼貌了。"

白又丹硬是没回过神来。看着老董又风驰电掣离开了她身旁,她还站在原处,看着他挥动着手跟那妇人说着什么,还是走远了。

田地青青,一年到头都是这个绿色,有生菜、瓢儿白、葱子、红苕尖。别人家的菜地都葱葱郁郁,一派生机。但那个欠债老头却不知了踪影。

一声汽笛鸣叫,她茫然地抬起头,看见有个拿单反相机的男子正对着嘉陵江方向拍照。那江水是值得拍的,她在心里喃喃地念着，脚已不受大脑控制，机械性地穿过人群。

电话一直在响，是"墨点"律师事务所打来的。她不想听，不知是不是又要来加价的。嘉陵江永远都这么平静、温和，只有走近了才能看到湍急的波涛，那水流的速度也是很快的。

人生，也不比这水流慢多少。她的眼泪忍不住掉了下来。

17

"你看你多危险，针头都还在静脉里，就到处乱跑。"护士说着，就给她拔了，并用酒精喷了喷伤口，"静脉都肿了，多危险。"

"老太太，你不要每天偷偷跑出医院去。对你不好，对你家人也不好。你的事情我们也听说了，有什么难处，找警察啊。谁没有个难处。"

白又丹躺回病床上，浑浑噩噩的，很快就听不清他们的谈话了。

实在是很困了，只是这困里为何还伴随着痛，骨头、脊椎、两侧腰。躺着也难受啊。她迷迷糊糊地只记得自己是坐在老董那客厅里的竹制沙发上的，房间冷，这老头也不添个烤火炉。

住院部骨二科的人都听说白又丹的事了，纷纷来安慰。她觉得烦。小题大做，她不想住院，那天不就是感冒而已，受了凉，回去下碗小面，蒙头睡一觉就好了。实在不济，就吃感冒清，家里还有呢。这不孝子，平时不管不顾，这个时候非要把自己弄到医院来做甚？她想骂也骂不出来。

"你儿子孝顺呢。"医院里的护工来来往往，就过来劝她两句，"好好养病吧，房子的事情，总有转机，交给你儿子吧，年轻人精力好。"

白又丹困惑着呢。过了两天，护工和病友们又一同谈论她遭遇的这桩事情，说是法律不管、报社不管，老太太白忙活就病了。很多人都同情她起来。

嘉陵西村就这块地儿，张三不见李四见，说到某个人，竟然也是打过照面，说过几句闲话的。当别人告诉白又丹在嘉陵西村的江边见到董宗夏时，她便立刻寻了去。也就是下午几个小时，病友们替她打掩护，但不知谁走漏了风声，医生的脸色不好看了。

"我听说在修滨江公园了，就去看看，反正也近。"白又丹有气无力地辩解。

"还早着呢。有什么好看的。"护士看穿了她的伎俩，"烂泥烂路的。"

"是还早呢，应该有规划图。"她像是自言自语。

晚上儿子来了住院部。

"我要出院。"

"你还是待在医院里吧,情况不稳定。再说,总有个地方住。"儿子顿了顿说,"房子的事情我跟他没完。"

白又丹呆呆地看着天花板,没有告诉儿子今天逮到了老董,又给溜了。但是病友们似乎把一切都告诉了儿子,他什么都没问,反而安慰说:"妈,这个社会是人善被人欺。我不怪你。"

这句话换作平时,白又丹会和儿子叫板起来,但现在她说不出话来。"痛。"她仅仅是说这个字,"痛。"她的脊椎侧身、翻转,怎么都在痛。

"我叫医生再开止痛片。"

"不用。"白又丹心里隐隐知道止痛片意味着什么,有些病只能靠止痛片拖延时日。她还不至于,人生还长着呢,她思维清晰,处世得力。想着想着,又痛晕过去了。

再睁开眼,护士正在给她换营养液,"换了病房了,阿姨。"

"哦。"病痛有时让她忘记一切恩怨、困苦,隐隐约约,她感觉到儿子出现的时间比以前多了,还老问她一些情况,她听不清楚,或者说辨别不清楚。过去的同事也来了,她觉得他们的手都很大,热乎乎的,一捂住她的手,她自己的手就小了,不在了。

他们大概是都听说她的故事了?

她会成为一个笑柄吗?

可是亲戚家谁没有个借钱、催款、躲债的故事呢?又不止她一家。

她的房子怎样了?她很想知道,却不敢问儿子,怕他突然跳起来挥舞拳头,她不想让儿子在医院出丑。有时她想难不成房子已经被没收了,所以才让她一天天地在医院住下去?她在这里都住了两个月了,那股消毒水的味道,导尿管遗漏出尿液的味道,让她的嗅觉越来越差。医院食堂的饭菜似乎也是这个味道。

白又丹也看见自己的手臂在一点点瘦下去,她好想回家去看一看,医生阻止了她,"你都无法下床了,还插着导尿管呢。"

她又闭上眼睛,那种轻飘飘的失重感涌上心来。最近一段时间,心想事成总是很容易达成,一迈脚就千里万里,腾云驾雾,翻山越岭。

家还是老样子,有熟悉的味道和光线。白又丹在卧室五开柜的最左下层,找到那个蓝色的中号整理箱,箱子里存放着她历年来的获奖荣誉证,优秀教师、年度先进工作者、全区最佳语文教师……这些大大小小的奖状,看上去都差不多,但都是她人生阶段性的胜利。那时,家里兄弟姐妹多,都在争夺稀缺的生存资源。她全靠勤奋刻苦，考上了师范，当了教师，察言观色，懂得周全，领导同事都敬她几分。那个年代的女人要谋个稳当饭碗，得带泼辣。

她吼学生，可学生争气啊。

她像吼学生一样吼她的老伴。现在他大概也在嘲笑自己吧，"你能镇住的人就只有我了。过来吧。"

不过这些都不重要，她想找到人生第一张奖状，在哪里呢？她记得每一张她都有保存。那时候，她并不真正清楚奖状的分量，总之，每年都会走上奖台领一张回家。

有一次散学典礼后，一个六年级学生的妈妈酸酸地问："你今天又领奖状了？"

小学生的白又丹有些不好意思，谦虚地说："哦，就是领了一张纸。"她想这样可以安抚对方的失落。她年年领奖，实在不好意思。

"哼，看看，白又丹说她又领了一张纸。"那位妈妈撇过头，阴阳怪气地说。

杂物缝隙里的灰尘飘扬，时光玩起了躲猫猫。

那张纸呢？带着金灿灿光芒的头子。现在，她得戴上老花眼镜看，不知道还会不会有心惊肉跳的感觉。她要找到它，揣上它，不离不弃。

如约而至的下午

1

一个月前窦坤就不停打电话，让我过去，先是告诉我他换了行当，在一家刚刚获得"全城新八大景"名号的寺庙旁工作，之后陆续发来一些照片，都是整理旧书的。木制书架高耸身后，昏暗的灯光下，他伏案在几，看上去颇有学者风范。

他不是个商人吗？我无法把照片和现实中的印象串联起来。

"飞来寺旁边开了家匾额博物馆，你大概不知道，也正常，热起来还要些时日。再说，平时也不怎么对外宣传。"

我对自己的无知略感汗颜，这城市里有太多新玩意儿让我摸不着头脑。

"我们从全国的农村里淘了几千张，非常好玩。带孩子来玩。"

带孩子去玩，确实是个好理由。若让孩子整天泡在博物馆里，比在电玩城或网吧里强，没有家长能拒绝。但是，我和窦坤只有几顿饭的交情。这并不代表我们不熟悉，我非常熟悉他，茶余饭后有他各种各样的传闻。他始终在做什么大生意，搞过摩配，研究过粮食基因改良，涉足过医疗健康，现在又转战博物馆。他自诩为农工文商战无不胜，但却经常需要朋友们的帮忙。当然除了这些奋斗传奇，还有他如帝国花园般的私生活也成为奇谈。

"能为大家带来快乐，我很荣幸。"有一次在饭局上，被人点将，他是如何安顿那些女人们以及爱情结晶的，他和颜悦色一摊手，"老话说得好啊，红军不怕远征难，万水千山只等闲。家和万事兴，家和万事兴。"

他的态度极其坦诚，又避重就轻，大家都识趣地不再打听细节。

认识他的每一个人都会成为朋友，我也不能例外。虽然我觉得自己并无资源上的优势，但是他还是一个电话接一个电话的盛情相邀。"帮不上忙，也当交了一个朋友。"

三年前的忙到底是什么，印象模糊，我从来不记自己的好。估计他也忘了，他很难记得别人的好。倒是帮忙那日的雨雾重重印象深刻。这个城市，春夏秋冬都氤氲在长江、嘉陵江的绵绵水汽中，这一块延伸到江边的小岛，从农耕文明到城市化进程,进行了几千年的人类繁衍。即使是以丰饶著称的秋天,也没有一地金黄,水雾吞噬了一切,只有长江大桥的斜拉索横穿天空,要努力挣脱混沌。

烟雨蒙蒙,雾锁重楼,不宜外出。三年前去奔赴窦坤那桩"麻烦事"前,我平白升起一股退缩感。

"走,我请你去驱驱寒。" 88米高的行州商务大楼是这个城市的建筑制高点,围绕在它身边的不是LV直营店,就是欧米茄专卖店,乡村基、肯德基快餐厅狭缝中生存,却也赚得个盆满钵满,一字裙包裹的小屁股、大长腿在这寸土寸金的地方,格外光鲜。窦坤在邹容路南的红绿灯下等着我,他三绕五绕,就钻进了大都会的背街后巷,油腻积水随时从脚底冒出。一个破旧雨棚搭建的偏房下,锡制大锅冒着热气,缩肩缩头的男男女女,没个样子。窦坤一屁股抢了个板凳,示意我也赶紧,"酒好不怕巷子深。这家小面馆生意好呢。"寒风飕飕,四面出动,我难以下咽,他却吃得满头大汗。

处理完麻烦后,我们互相没有联系。

想起这几年前的交情,我不愿动身。冬季里,人和动物一样,都愿意待在温暖之处,比如家,比如热气腾腾的多人宴会中,如果没有特殊的情意,实在提不起劲去奔赴二人之约。友谊这东西,在城市里太奢侈,除非有点好处。

随后,窦坤又发来孔雀、野猪、猫崽、柿子、柚子的图片,很难想象他的办公场地这么有田园野趣,不过这和我有什么关系?

他又发来一些整理旧书的图片。残破的封面,字迹浸漫,有些霉斑未除。"好多是从乡下淘来的,古医书不少啊。还有各地的家谱。"这个生意人,他怎么就坐得住?我不得不报以客套,表示非常期待。内心希望这样的期待仅仅是期待。

"工程浩大呀。"他在电话里说,"好在还有孔雀、小猫相伴,从办公室里可以看见长江。这里看长江,特别宁静,真是双重洗礼。"生意人说上文绉绉的话,就露出挖苦的本意。

"这地方以后适合亲子游,已经跟旅行社谈合作,一日游。你来玩玩,免费,还有我这个导游。"他让我去的那个地方,在城乡之交,靠近长江边,交通并不方便。他果然拿出了商人的那套伎俩,不停地催促,并告知路线。还可以看见昔日码头,今有冬泳无数者云云。

好吧,我们约在一个周末。

"一定得把孩子带上,一块儿来。"他热情备至。窦坤喜欢孩子,当然是自己的孩子,他亲自辅导儿子功课,带他上科技馆,给儿子炖汤,这些都是他正妻在饭桌上告诉我们的。回头一想,正妻的模样都快忘了。

2

45英寸的大屏幕里,两辆赛车飞灰湮灭,半大孩子脸上挂着愤怒和满足。

"再来一盘。"

龙湖天街负一楼是儿子最常去的地方,那里有家猛犸游乐室总店。不少半大孩子在那里玩飞车。

自从炳儿念中学后,越来越不肯和我出去了。我好说歹说,那地方有孔雀、天鹅、野猪,城市里难得一见的野趣,他却一直撇嘴"没意思"。这个钢筋水泥森林喂大的孩子,城市就是他的襁褓。

三五岁时,带他去游走武陵山,识女贞、木芙蓉,采决明子、马缨丹,他还兴致勃勃,摘了好多带根的小赤麻,说是种在咱家房前屋后,让妈妈来纺织麻布。

"等你长大了,腿脚更有力,可以跑更多的山,钻更多的裂谷,你会看见不同的植物、森林。"我循循善诱,"然后把车学上,就更自由了。"炳儿一脸憧憬,手上立即做出掌握方向盘的样子。"前进!"干燥的杨树叶发出哗哗的摩擦声。那时我们一家还其乐融融。婚姻的乌云尚未降临到我们头上。

现在他只对室内的虚拟飞车情有独钟,"前进!"

"哎呀，我撞死你。"他一个猛转弯，把对方撞得七零八落。

"妈，你来试试。"等我从几个专卖店里逛了回来，他还在那里乐此不疲。

我摇头，这种模拟的快速感和毁灭感，让我和真实分辨不开，满屏飞舞的汽车碎片如针扎体肤。

"游戏而已。"他又驾驶起来。没拿驾照的人都爱混在这里体验极致飞速。有时我因为加班，不能按时回家给他做晚饭，便给他一点钱，让他自行解决。那些钱最后都进入了长方条的投币孔。

"照你这种开法，我劝你以后不要去考驾照。"

他对我的讽刺不屑一顾。

周末的晚上我允许他玩到十点回家。他是个遵守诺言的孩子，回家后本本分分，洗洗就睡。

我们互相尊重。

3

大概是四点半，我和儿子到达了窦坤提供的目的地，一辆旅行社的大巴车也几乎和我们同时到达。尾气突突地喘着，一队游客斜侧着身子慢腾腾下来，陆陆续续，阻碍前行。

"请出示门票。"一个保安严肃地拦手一截。

"我们找人。"我抬头,仿佛窦坤正在楼上一般,我好指给他看。但上面只是红木一款,上书"行州匾额博物馆"。

"找谁?"

"窦总,窦坤。"

"没有这个人。"

我和儿子面面相觑。随后,儿子把手抄在口袋里,往花坛边走去了。那里种着几株胡颓子、几棵山茶树,没有花,没有果实。这冷漠和他父亲如出一辙,虽然他离开我们好几年了,但这脾性像嫁接了过来似的,一直缠绕在我生活中。

这时候可生不得气。我劝慰自己。

窦坤的电话接通了,他让我等几分钟。大巴车慢吞吞地在停车位上摆好,一个掉队的人走过我身边时,那赞叹的口气还没有融化。我随着他的声音寻去,头顶之上,有着两条长须的龙头吻向天空,只是那里仍是白茫茫一片,但它昂首的姿势多少顶住了我一颗快要失落的心。

窦坤的头发已经白了三分之二,穿着一件不太讲究的姜黄色灯芯绒外套。因为苍老,掩盖了他实质的精打细算,这一见面,几年的恩怨突然消散了。

他满脸堆笑,跟保安打着哈哈,又看了看表,惋惜地说:

"五点钟,博物馆就关门了。"他没有直接埋怨我们拖拉。

对于这次拜访,我实在是难以说服自己,说服儿子,但总还是答应了人家,不得不来应个卯。我想无非就意思下,一个小时就结束了吧。我也并不期待他真有多热情,或者叙叙旧,请我们吃顿饭。

"没关系,我带你快速参观下,下次你再来详细看看。"

隔壁飞来寺的钟声响了起来,我抬起头寻找树影中的飞檐钟壁。

"现在这个钟敲得有点乱。"窦坤解释,"没人管。"

新获"八大景"头衔的飞来寺,依山崖而建,其实可以打造的景观并不开阔。只能螺蛳壳里做道场。不过说起历史来,也有些来历。早在明代万历年间建起的庙宇,改朝换代后只残存了上下两殿,后人重修,又弄了些天池月夜、古洞鱼声、曲水流霞……十步开外就是一个小景,也因此挂了4A景区的牌。

"八大景之后,飞来寺香火更旺了。"窦坤转过头来笑语。

香火的焦煳味飘散而至,若有若无。钟声穿过下午层层堆积的寒冷,有某种不祥。我们尾随着窦坤进入匾额博物馆,他大喊着"等我开灯",人就不见了。

黑咕隆咚的地下室,人的嗅觉便灵敏起来。"神神秘秘的,有股子霉味。"炳儿没好气地说。我伸手摸到了一块冰冷的物件，应该是玻璃，不知装的什么宝物。灯突然亮了，唬我一跳。果真是玻璃箱，里面大概是陈列的骨头或是木头，刻着一些特别费眼神的字。

"那是骨头。"窦坤对孩子说，"牛骨。"孩子只是象征性地把头往前凑了凑，并无兴趣。"讲的是人类文明起源，也就是文字的起源，象形字、甲骨文等。"

"得慢慢看，往下走。"窦坤洋溢着热情。

在黑暗中，我感到忐忑。他并不是一个有耐心的人。很多年前，那雨水滴答下的一碗面，是他仅存的一丝耐心。人会变吗？五官都起不了作用的时候，脑子大概就会跑到内心里去问一些无解的问题。

果然下了几步楼梯，拐了个角，迎头便看见了几百严肃的"面孔"。

天地长春、斯文在兹、万福频臻……方方正正的楷书，阴刻在红漆的木匾上。这阵容望去，密密麻麻、层峦叠嶂、远远近近，一匾还有一匾高。我和炳儿都被震住了，说不出一句话来，只有窦坤的声音始终响起，"每个匾都有一个故事。"那声音成为黑暗通道里一盏不灭的蜡烛。灯光依次在前方点亮，后面的又熄灭了。

那些经年历月的木头，有的已经裂开，有的明显残缺，说博物馆,还不如说是个储物室。凿地百余米,分布三层空间,按照不同的主题,把木匾进行陈列。"福如东海"几个字,不知何故位于地下室二层正中,"这些匾额怎么摆放,都是讲究了风水的。"窦坤说,"福如东海"几个字,放的是八卦中的干位,代表一家之主,象征着威严。关系这一家的储财运。此外,这个方位还防火,木头最怕火招惹。

我不知道我们现在站的是哪个卦位,只觉得头晕目眩,浑身无力,好像有一个地下皇后在静默处等着你掉入陷阱。

"别动!"窦坤冲我儿子吼道。

我才发现儿子正在拨动一张八仙桌上的沙盘。

"不要动!"我几乎尖叫,抓过儿子的手。那些像骨灰一样的东西随时会沾染在身体发肤上,尾随着我们以后的日子。

"没事,没事的。"窦坤大概看出我失色,解释道,"那些沙盘一旦动了就还不了原。"

一张布帘不知何故迎风而起,隐隐约约看见洞门外的江水碧波。"你这里还能看见江?"那种逃离阴曹地府的急迫让我向布帘走去。

"等等,你看!"窦坤抢先一步到我前面,他指着布帘上的一款匾额"玉杖扶鸠","这是我们的镇馆之宝,匾王。"

他真是个出色的导游。

"匾王？"那个看不见的阴曹地府仿佛咬紧了牙关，不让我出门一般。那几个字是颜体，温柔敦厚的颜体，现在却阻拦了我。我平稳呼吸，问"它最大？"

"得六个人合力才能抬动。祝福人长生不老之意，它本身也是长生了。"江风又将帘子掀开了一个角，"长三米，宽一米五。小伙子你看看，是不是很大？"

"上面还有道光十三年的字样。"窦坤把手臂往上举。

我却感到阵阵发冷。

"以前抗战名将史迪威就是从这里逃跑的，然后上了江轮。没有人发现他……"他又要开始讲历史故事了，生意人都好这一口，故弄玄虚的引子。

我们共在的几次饭局上，他都要提到帝王君臣们的故事，虽然讲的都是李鸿章、曾国藩们老掉牙的篇章，却总能摇头晃耳，意犹未尽，好像全桌上就他滋味百倍地品尝了一道北京烤鸭。

那些老掉牙的故事，不是北京烤鸭是什么？说着，看着，都行，尝一尝，却咽不下几口。

史迪威的逃生故事我听得支离破碎，倒是炳儿有意无意地问了几句，惹得他又多讲了几句，黑暗之路简直戾气满贯。

整个博物馆都在地下室，北面朝江，找不到阳光。我想应该上午来,那时阳气正足。如果此时窦坤向我敞开真实面目,提非分要求,我会立刻答应,只要能够走出这幽闭之境。

"是不是下班了?"

"不管它。"他一副地主情谊未尽之态。

"家里会催吧。"

"这么早回去干吗?又被管。"窦坤似笑非笑地说,不过却掏出手机看了看,又果断塞进了口袋。

"你看这里有个桌子。"他试图把我从那道门帘中引开。那是一张七巧板桌子,黑柱红漆面,可以拼凑成不同形状的桌面,"古人好玩吧?根据来客人数的多少,自由组合。"

他边说边挪动桌面。

我想让他停下来,一切都可以结束了,他繁复地做着一切,应该有什么事情。他从不做无用功。

估计是太沉了,他只搬动了一个三角形。

"不要挪了。"我试图阻止他。我觉得他应该停下来了,就用一只手按住了桌面。谁知他又搬动了一个三角形,"看,是不是变大了?"他把一个长方形的桌子摆放成了一个正方形。

我们应该在此时拍手、赞叹,及时阻止他的下一步。

"老古董。"我战战兢兢地赞叹道。

"那边还有三个厅,我带你快速浏览下,下次有机会再过来细看。"

哦,天哪。我感觉他的生活是不是已经坠入深渊了,而我,到底能帮上什么?

脚下黑沉沉的,不知道要在这地下室待多久,儿子却一反往常地没有喊走。

"有时候在这里,会发现时间过得特别快。"

"是吗?"

"走上地面的时候,就觉得自己已经活了一辈子了。"

天光大亮,我以为那是个开头,他要隆重地讲述他的故事,但是白云阴沉低下,像无数个叹息。

博物馆之旅仿佛陷入了迷宫。

4

小姚嫁给窦坤的时候,还不到法定年龄,但她肚子里已经怀了孩子。

"当然要生下来。"窦坤几年前吸面条的样子还历历在目。他已经有四个孩子了,算上小姚的,是第五个了,至于那几个孩子的妈妈,他不屑于说。

"总有安顿的办法。"他只乐于谈孩子。

我终于想起来，上次他请我吃小面，就是为了给他第五个孩子取个好名字。我拟了几个名字，按照水土金木火的喜忌，分别叫窦棠章、窦清章、窦玄章、窦彦章……不知道他选上没有。

那时，我还在新浪微博上开了一个四柱预测的专栏，网名叫"月亮之下"，专替人消灾纳福。一开始，很大程度上我是为了医治自己的心病。商人重利轻离别，孩子爹已不知所终，名存实亡的婚姻，冷暖自知。但是久病成良医，学了一些命理知识，也能卖弄博利了。

"你准备写多少章？"他笑起来。

"你准备写多少章？"我反问。但很快觉得这样的玩笑不妥，我们并没有那么熟，也不便那么熟。

每一个孩子都是负担，光是听名字，我就觉得头痛，而现实中的他呢，为了躲避应有的责任、债务，得承担多少？不过对此他总是轻描淡写，商人总有自己的办法。安置众女人，以及派出所那些关系。

算起来，这个儿子应该上幼儿园了。

"不要动不动上幼儿园。城市里的孩子就是活得太金贵，碰不得，一碰就这病那病。"窦坤低下了声调。

我以为他要跟我谈育儿经，男人新得子嗣总是爱夸夸其谈，你不夸他几句，他便不会住口。连各种媒体都纷纷开设奶爸手记，矫情喊累，好像天底下就他生了儿子，看得人只喊眼疼。可男人拿孩子说事，又确实是最好的软化剂。

"我也准备给家里弄块匾，就挂在我儿子房间。这是个夜哭郎，闹人哦。"他倒一点都不避嫌，出乎意料。

"好多小孩子都夜哭，过了这个阶段就好了。就是妈妈辛苦。"我顺势安慰，心里琢磨着，他到底找我什么事呢，难道是他孩子的事情？可我又没有教委的资源，也不是养生专家，不过就是一个普通的市民，闲时给人看看星座、喝喝茶。一直想着开家自己的茶吧，终未果。

"小姚还好，她年轻呢。"窦坤挥挥手，一副不耐烦的样子，"她现在整天研究厨艺，给我弄的饭菜绝不重复。她有个特别的嗜好。"他停下来，挤眉弄眼的样子，好像要告诉我一个天大的秘密。

"她特别喜欢在每道菜前放一块小纸。比如青花椒蒸牛肉，就写上'春色满园'；蒜泥白肉呢，就写上'白富美'；油酥花生米，写的是'黛玉葬花'。吃完后，还问我，今天你觉得是黛玉好，还是白富美好？"

我听得乐不可支，却满口安慰道："人家一番心意，你还不笑纳？"

"我说你有这个心情，还不如花在儿子身上。"地下室的通道幽暗，逼仄，即使在这狭小空间，也没被浪费。悬空的玻璃柜里，陈列着各种药材，当归、海马……一种十里还魂的悠长感，若不说点话，感觉透不过气来。

"她是怕你跑了，到底是年轻，爱学习。"我感觉自己喘不过气来。我想起他过去那个媳妇儿，逢人就夸窦坤待孩子好，我都记不清模样了，应该也有一手好厨艺。

"不记得了。好吃的还不就是那几样。"

我们终于从地下室里钻了出来，经过了一个鹅池、锦鸡园、两个结着小柿子的柿子树。大磨盘上，流水汤汤，八九根竹子摇着小细风。一个大乌龟在第三展厅的门口，挡住了我们的去路。

"石将军！嘿，石将军！"窦坤兴奋地叫起来，"来摸摸他，可以长寿。"

儿子想上前去，我一把拉住他。龟壳上是有病菌的，会过给人。

"别怕，他不咬人。"他示意我儿子过去，"我对小孩子最有耐心了，没有见我不开心的孩子。"

他自己非常温柔地摸起乌龟壳来。那乌龟也通人性，并不做缩头状，皱皮拉拉的样子，藏着一点凶狠。"它很慈祥的。"他对着乌龟说，"每天我一有空，就摸摸它，财源广进。"

我讪讪笑道,"它几岁了?"

"不知道,我一来就有了。有一次我看见它跑到'玉杖扶鸠'那块匾额下,大概是在看江吧。或许在思考史迪威将军怎么逃跑的?"说完之后,他又为自己的幽默哈哈大笑起来。

"'玉杖扶鸠'莫不就是说的它?"这张冠李戴,正好也对。

"可不是,谁能有它长寿?"他顺着说。

"说不定这乌龟就是从嘉陵江里游上来的,老板没告诉你,是怕你打了它的主意。"我接着胡诌。

"我也是这么想。"窦坤冲我儿子说,"它是有灵性的,没准哪一天发大水了,还能托你过江,救你一命呢。"

儿子翻翻白眼,他这个年纪,已经不相信大人信手拈来的神话、谎话。

"中国神话里有一个故事,就是大鲸救母。是一个报恩的故事。没有无缘无故的神话,都是来源于生活的。"

"我倒是希望能骑在它身上游一游,也许它真是历史见证人,还能给我讲一讲史迪威将军逃生的故事。"我看出儿子的不乐意,自作聪明地说,"二战时候,西点军校的教官史迪威,在重庆任职中国军队的参谋长,指挥中国远征军。后被美国召回。当时很多人想杀他,日本人、汉奸、特务,最后他从匾额博物馆的底下通道里逃生。"

窦坤大笑起来,"那时还没有匾额博物馆一说。"

聊天的当儿,那乌龟一直伸长着脖子,苍老褶皱的皮肤堆起两颗小眼睛,冷不丁还转动下。"哈!哈哈!"儿子狠狠在地上跺了几脚,乌龟幡然醒悟,缩成了一个坚硬的壁垒。

5

"做乌龟好啊,别看人人都骂它,它自在呢。不高兴了,就自己沉到江底,整个江水都是自己的;高兴了,就爬到户外,和人逗逗,玩玩。"

我们走出回廊,闻到一种奇怪的味道。因为阴天乌云密布,让人的嗅觉和辨知力差了很多,直到眼前出现了一只秃头孔雀,才恍然大悟。

"孔雀园,进去看看。"窦坤在口袋里摸钥匙。

"不用了。"我试图制止他。那个铁笼子关起来的地方,到处是稀泥巴,里面有个小池塘,但是水蔓延出来了。还有几只鹅在嘎嘎乱叫。没有一点亲近感。

铁门打开了,窦坤在门口等着,我们不得不进去。秃头孔雀很凶猛,一直围在我们身边。"走开,走开!"儿子朝空中踢了一脚,我则一动不动。还有几只野鸭、天鹅,臭烘烘的,纷纷朝我们围拢过来。

有一个穿筒靴的工人过来,抱怨着:"养这些劳什子干啥。做不完的清洁。"

"他们成天都在抱怨。"窦坤说,"他们做着没完没了的清洁,跟老板抱怨好几次了,不要养那些孔雀了,又没人来看。"

"是啊。"我附和着,也觉得清洁工们抱怨得很对。

"他们会不会把孔雀打来吃了?"儿子一脸冰冷,冒出一句,惊了我们俩,"孔雀肉是什么味道?是不是像驴一样,很补?"

我不知道他从哪里得到的这些知识,大人们总说,这很补,那很补,他都听明白了。他确实不是小孩子了,知道如何还击。但是窦坤却佯装没听见。

"我这里有只猫。"他拿出哄孩子的那种神情来,"它生了四只小猫,平时我一唤它们就出来。"

他吱吱地叫起来。我和儿子不得不在一旁等着他。但是小猫始终没有出现在我们面前。

"我有猫粮。"

大约过了二十分钟,两只小猫一前一后朝猫粮的位置走来,但是它们非常警惕。儿子只向前了一小步,两只小猫便作鸟兽散。

"平时它们不是这样的。"窦坤非常有耐心,决定再一次召唤它们。

儿子早过了逗猫惹狗的年纪,几只小猫已完全不能引起他的兴趣。他百无聊赖地在一旁用脚划着地面,发出一阵阵吱吱的声音。我知道他这是在提醒我该走了,他已经忍耐到了极限。

过了极限的孩子,会直接把那件叫作礼貌的外衣扔你脸上。我用眼神示意儿子,稍等片刻。窦坤最关键的话还没有说。

他一定是有什么事情。

"算了吧,别逗它了。时间不早了。"我说。

"不着急,等一等,它们一会儿就会过来。"

在我们五米开外的地方,柿子树的叶子有点蔫了,几颗红彤彤的柿子在树叶丛中,不太招眼。

"要不我们回了吧。"我再次央求道。

窦坤蹲下来,吱吱吱地对着石梯叫,"看见没有,看见没有?"

6

天色已经黑下来,带着一种仓皇。路灯稀稀拉拉地亮了,长江掩映在黑暗中,水声簌簌,难辨方向。

窦坤是刻意选在这个点结束的吗?我开始有一种美好的期

待,以为窦坤会带我们去一家饭馆,然后郑重其事地把今日重点说出来。但他只是把我们领到停车场。

"你的车呢?"他掏出钥匙。

"今天没开。"

"为什么?"他侧身停顿了下。

我可以有很多理由,比如做保养了,做年检了,借人了,但我却没有做任何解释。黑暗中什么话都不说,也很释然。

"那个啥,你看博物馆耗资不小,我也是入股方,大老板又淘了些宝贝,人力、物力,一言难尽。"他把车钥匙往空中一指,"你今天来得太晚,好多话还没来得及跟你说。我还得回家。小姚又怀上了。"他摇摇头,"一波未平一波又起。你能不能凑二十万?借也可以,算入股也成。多样化合作。"此时,他已经钻进了轿车。他不给我一点回复的机会,好像这事就这么成交了。或者是他认为反正我也不会答应,索性就不要听我的答案了。

二十万,借给他,真不是个小数目。我还没有告诉他这些年的境遇,因为身体不好,关掉了新浪微博上的预测专栏。我怀疑是擅自揣测天机而遭受到的小小惩罚,但这一切没人会信。

前夫定期汇来的抚养费已经捉襟见肘,大概他已重新觅得佳偶，所用不少。

乞丐也想去买两张彩票。卖火柴的小女孩愿意用尽最后一点资用，去幻想幸福的城堡生活。

或许窦坤什么都知道。这一下午他不是一直在引导我成为机会主义者吗？恍然大悟。

"要不我送一段？"

"不方便就算了。"我感到那冬雨迷茫的场景又扑面而来。雨珠子滴滴答答地落在偏棚一侧。

"上来吧。"他真的只送了我们一段。关键的事情，只说要点即可。很快，窦坤把车停在一个我看不清地名的岔口，"这里走两步可以坐观光电梯，一共八层。再走一条步道，直达浮图关轻轨站。对了，顺便可以看看江景。风景在路上。有时，我也带大乌龟到这里来看江景。"

霓虹灯映照下的城乡接合部，发出紫色光芒，我和儿子饥肠辘辘，只好拾级而上。这条道太偏僻，没几个人影。观光电梯把我们带到顶点，出门发现一个旮旯，竟然能毫无遮掩地看见长江。灯光倒映，对岸裙楼婆娑。夜晚的乌云更显阴沉，晦暗的故事四面埋伏。立在城市上方，我停留了好一会儿，有一种巨大的无助感。

江面狭窄，它缓缓地流动，像我某段人生，总会有一些无法阻挡的遭遇。突然,我感觉到微微一震,看到皲裂如龟壳似的东西从江面浮了出来。带着一种巨大的力量一升一沉,驮着某种幻想。

你为什么不害怕

1

宋菌和莫巧巧呈丁字形躺在床上,房间里黑黑的,有一点隐约的光在墙角怯懦地瘫着,比一节用废的电池发出的能量还要低。有近五十秒,两人都没说话。没有浓重的喘息,只有不算流畅的鼻息顺着自己的下颌爬到耳朵里。那只 A 货的欧米茄表发出嗒嗒的声音,代替了一切语言。宋菌不自觉地数着声响,好像他一直掉在一大堆器械零件中,然后碰了碰莫巧巧,她没有反应。

"要一分钟了。"他说。

"那又怎么样?"莫巧巧扬起小巧的额,又飞快地把眼神收了回来。

欧米茄表还在嗒嗒。

那又怎么样?莫巧巧一跃而起,俯视着脚下的男人。他的脸色和光线一样混沌不清。她跨过他的身体,走向窗户。

"别拉。"光线让宋菌突然警觉起来。

莫巧巧回过头看他,重新坐在床沿上,扑哧笑了出来。宋菌已经坐了起来。"别动!"她从后面逮住他,就像几分钟前他要求她的那样。"我太激动了,别动,求求你,别动。"她记得他刚才温柔又急不可耐的声音。

宋菌背对着莫巧巧,轻易就甩开了她的两手。他有些发窘地穿好衣服,没忘记那只 A 货的欧米茄表,现在它的声音已经消失了。他稍感平静地坐在莫巧巧的旁边,并且主动打开了床头灯。

莫巧巧看到了宋菌的眼袋。他们都没有洗澡,他们其实都应该去冲冲。莫巧巧是这么觉得的,但是她没有动,好像她动一下,马上就会遗漏掉什么情节。宋菌也没动,他希望某个情节快点跳过去。两人并肩而坐,莫巧巧继续看宋菌的眼袋,几乎和眼睛成一对一的比例,烟锅煤似的脸,像一个真正吃了败仗的人。莫巧巧笑不出来了,低着头想,如果他此刻来讨好我,或许我可以原谅他的丑陋。

但是什么都没发生,他们像一块木头挨着另一块木头。

"我,要走了。"宋菌站起来,抖抖牛仔裤上的皱褶。他把搁在床沿的公文包提在手上。

莫巧巧盯着他。

"你想我陪陪你,是吗?"走了两步,宋菡回过头,仿佛发现了加油站的地上有个烟头那般小心。

莫巧巧有一秒钟的迟疑,但立即点点头。

"可是不行,快四点了,"他抬手看看表,"我要回报社了。"这一次他不容置疑地说。

宾馆前台把已经完成的结账清单递给宋菡,莫巧巧倚在门框上看车水马龙。宋菡上前,连肩都没拍,"那咨询什么的,我们在网上要多联系。"说完,他们各自消失在前进的路上。

2

真有趣。宋菡在电脑边欢快地完成"法律在线"的栏目后,想不出今天能写的第二篇稿子了。这种情况已经持续四个星期了,他每天只是从众多读者来信来电中选择一个,向某律师抛出一个问题,然后整理出来。宋菡站起身来,走到窗边伸了一个懒腰。茶色玻璃外是茶色的天、茶色的桥,好像夜晚已经提前降临。蓝河县的河水已经响动起来了吧?一到夜晚,蓝河县的河水就哗啦啦地震动起来。那地方娱乐少,下了班,人们就关灯睡觉。一条河的声音响动整个县。离开蓝河县的一个月,宋菡每天晚上都枕着两个声音入睡,一个是蓝河水,一个是铁轨声。蓝河县跟松城通上了铁路,过去开汽车要十三个小时的路程,现在缩短到六个小时了。他要离开这里,他跟在教工食堂里做墩子(配菜师)的妻子说,"快去快回,像铁轨一样。"

真的是很快。宋菌从窗户边转了回来,偌大的一个新闻制造车间,键盘敲打的声音在空中回荡,这节奏让人心慌。从下午4点到晚上9点,宋菌必须快速运转自己,把这一天有价值的东西统统塞到电脑里去。他没有自己的座机,作为一个从区县借调上来的记者,他目前还处于试用阶段。他和其他三个记者共用一个座机。

"试用只是暂时的。"给宋菌办理借调令的头头拍拍他的肩膀,宽慰他说:"总要有个过程,我跟上面好有个交代。"宋菌努力点头,好像要把那黝黑的面孔藏起来似的,"实在不行的话,你可以用我的座机。"这次宋菌把头压得更低了。

他不想别人听见他打电话,每一句问话都非常艰难,他甚至希望在他用电话办公的时候,周围的人正好都在休息。他完全可以干净利落地采访,但他不想给别人留下这样的印象。其实宋菌的口才挺好的,在蓝河县做教师的时候,学生都爱听他的课。但现在不行了,他的舌头好像被松城吃掉了。

办公室的座机就搁在两个电脑之间,它和最近一个人的距离不到一米。那么,宋菌要用的话,不到一米的人,会听完他所有的通话内容，然后用不到一天的时间，把他那些可笑的提问传送到同行那里。一个"被引进人才"的笑料。这就是他们最后的结论。宋菌看着那电话，直到它被另外一个手摘了去，不甘却终于理直气壮地吐了口气。

　　还是找不到新闻线索。宋菌勾着头自我审判似的待在自己的座位上。快一个月了，他的记者生涯没有一点进展，他也不会像那些小姑娘，整日抱着电话，一手翻着城市黄页一边娇滴滴地问："最近有没有什么有意思的事情呢？"其实，他也会哄人开心，就像家访一样，他不也是说了些赞扬别人孩子的话吗？介入主题之前需要一点放松，他知道。但在松城，各种要害部门，这种最通常意义的寒暄往往被粗鲁地打断："你到底想说什么？"接线员公事公办地问。

　　"政府部门高效节能了。"握着盲音话筒的宋菌，像一截干枯的树枝，马上就要掉下。每一个路过他的人，都忍不住要顺带扒拉下。

　　宋菌搓了搓自己那张黝黑结实的脸，有一层油垢，顺势跑到手指甲里。黑框眼镜丢在一边，镜片上有太多重叠的手指印，粘着稀稀拉拉的头皮屑。他用手指里里外外抹了几下，看也不看，重新挂在鼻梁上。在蓝河县，宋菌至少还是自由的，每天他只需要像放鸭子一样，带学生即可，不像现在斤斤计较工作量,以防落入末位淘汰的行列。其实他已经是末尾了,宋菌想,不过是头头放他一马。还有两个月,宋菌皱皱眉头,他已经拿下了莫巧巧,她为什么不恐慌。

3

"为什么要恐慌?"莫巧巧不解地问。

为什么?宋菌第一次单独和莫巧巧见面,隐隐觉得找到了突破口。

法律在线是个最简单不过的栏目,只要跟某个律师事务咨询所建立一种长期关系,这个栏目的操作,就不再有什么难度。作为新入门的记者,宋菌从同行那里得到了几个律师的电话,以示关照。开场白不算顺利,和陌生人在一分钟内建立友好关系,宋菌还不自信。好在对方利落通晓,快速约定面谈时间。

是莫巧巧接待宋菌的。莫巧巧的胸前挂着实习生的牌子,这让宋菌感到一丝侮辱。他们两人的年龄应该相差二十岁,宋菌在律师事务所的角落里端着一次性水杯不停地吹气,他想他们应该在另外一个场合里说话,他会自然些。

"朱律师说,你可以把问题直接发到他的邮箱,他回答好以后再转发给你。"莫巧巧抱着文件夹说,"不过,你既然来了,也可以把问题直接写下来,我会把它们录入电脑的。"她从文件夹里取出一张白纸,"他正在打电话,你愿意等他一下吗?"

宋菌点点头。四下里不算宽敞,两排蓝板格子间反而使空间无序,电话铃和人声此起彼伏。二十分钟后,朱律师亲切会见了宋菌,三分钟。他的话简短有力。

"知道为什么吗?"朱律师把轮椅从办公桌里推了出来,"因为我脑子太快了,所以上天要让我的什么地方慢下来。"他那营养过剩的上半身和他机敏的神情形成了有趣的对比。

"你不会觉得我无礼吧。三分钟可以办很多事。"朱律师又把轮椅推回了办公桌里。

"那是。"

"巧巧,这件事就交给你了。"他招呼莫巧巧,迅速完成了交接仪式。

4

"我们是同一种人。"现在,宋菌来回答莫巧巧的关于恐慌的问题了,"我们在这里都没有住房,没有朋友,没有亲人。对了,你是自己租房吗?"

"没有,我住学生宿舍。"

"那是迟早的事。你迟早会自己租房的,对吧。"

"有可能。"

"那我们也是一样的,你住学生宿舍,是群租,我也是跟人合租。我们都是寄人篱下。当然,你的房租是父母出了,我是自己出的。不过有一天,你也会自己付房租,是吧?"

"那当然。"

"是的,你必须有经济实力后才能自己承担房租,你有实习工资吗?"

"没有。"

"你得给朱律师谈谈。"

莫巧巧不言语,低头喝橙汁。

"你必须给他谈谈,知道吗?要维护自己的权益!"宋菌侧转着身子,"可惜我不是编辑,否则,我会给你开稿费。当然那并不多,但你可以请我喝一次橙汁。"

莫巧巧抬起头,她似乎一直都没笑过。

"把职业装脱了。"宋菌平静地说,"知道吗?这样不会显得太冷。"宋菌把胳膊搭在旁边的椅子上,看起来胸有成竹。

莫巧巧想了想,果真脱下职业装,搭在椅子的后背上。她回过头来的时候,脸上换成了清纯的神色。似乎还有一点不明显的微笑。

"这样好多了。"他说,"你从来都不恐慌吗?"

"现在有一点了。"莫巧巧坦白地说。

"我看出来了。记得我跟你说过的话,跟他谈谈实习工资的事,你跟他单独吃过饭吗?"

"没有。"

"我想起来了,他行动不方便。那你有上他家去吃过饭吗?"

"也没有。不过,你请我,也许我会去。"

"为什么?"

"我说也许。"

"好孩子,先去谈工资,这样下次你就能请我喝一杯橙汁了。"

5

头头交给了宋菌一个新的采访任务,一个女名流的专访。"慢慢采,别着急,先用电话联系,约好时间,登门造访。"宋菌鸡啄米似的点头。这些话他教学生时也说过的。脸发烫,好在黑,看不出变化。

名流的资料只有一页,一张加了柔光的艺术照。"不真实,让她换生活照。"头头交代。

宋菌回到办公桌前,又看到了那台电话,不过它现在正在被另一个人使用。几分钟后,他等到了那个电话的使用权。电话通了,是一个自动留言机,"你好,我是……"宋菌留了个口讯。十分钟后,他再次拿起电话,给自动留言机留了个单位座机的号码。他的背后传来一阵放肆的笑声,宋菌也"嘿嘿"地迎合着笑。一会儿,宋菌才意识到是首席记者接到了什么猛料。宋菌凑过去,有几个记者已经围到首席记者身边,听她夸张的讲述。"好!"他附和着,握紧双手,觉得应该有个更有说服力的手势,但人们都背对着他。他黑黑的脸庞更适合做一个背景。他并没感到无趣,如果此刻离开办公室,到大街上去,让他去采访个什么人,他才会感到无趣。他想了想,第三次拿起座机,对着自动留言机讲了自己的手机号码。

宋菌提起了那件不算干净的外套,搭在肩膀上,像一个真正的城市盲流一样,决定出去消磨下时间。

新华街上的"得意不夜城"已经开始营业,那张每天下午一过6点就会准时出现在后宫会所门口的一张古床映入人们眼帘。粉红色的帷幔在床沿上飘荡,看不清床单的颜色,似乎还带着一股子香气。

轻轨的进出口就在几步开外。宋菌气定神闲地走过古床,镜片反射出帷幔,他装作从容地跳上了轻轨大扶梯,偶尔会回过头来,有那么几瞥,解渴似的,然后等着扶梯下到城市底处。那里有个山河书店,专卖时尚杂志,宋菌无心浏览,也不乘坐轻轨,掉头又上了向上的轻轨大扶梯。

他混迹在来来往往的人流中,再次将若有若无的眼神投向那片路过的流光。宫闱似的大门有影影绰绰的人影,房子内的灯光深邃甜美,运气好的话,会碰见小生抬出一张巨幅广告画,那是今天的主题:有时是"红玫瑰与白玫瑰",有时是"亲密爱人",有时是"我是不是你最爱的人"。情欲饱满,无处可藏。

时间很充裕,足够把整个中兴路走上几圈。几小时以后,宋菌又会反复一次,像一只训练有素的猎狗。这一带声色场所占据了中兴路三分之一的街道,每晚10点以后,发出狂欢似的尖叫,百米开外的中兴路跳蚤市场都能听见。

跳蚤市场的铁门阴冷,透出不明的灯光,出其不意的,那里会探出一颗头来,好像有一桩命案正在发生。不知为何,宋菌总是在这个时候莫名其妙地竖起耳朵。松城的夜空,红蓝变幻,光柱从不同的方向射向云层。拐角有家无名客栈,泛黄的木板门上写着"五元一晚"。摇晃的公车慢悠悠驶过,灯光有一茬无一茬地扫过拐角。突然的,宋菌就破口大骂起来。对于大多数收班车司机来说,他们似乎对这样的情景见惯不怪,连头都懒得伸出来。车厢里只有不多的几个顾客,也倦意浓浓。

骂完了祖宗八代的宋菌,隐藏在街道的黑暗中,不急不缓地前行,毫无畏惧。

因为在城中央,宋菌的房租自然不菲。但他不想待在那里,冰冷的灶房和生硬的床,还带着一股猫尿味。他也不想回办公室里,尽管只有十分钟的路程。他完不成工作量,这意味着他无法实现一月三千的收入梦想,更不用说把那做墩子的妻子接到松城来。二十年前,他不过是个村小教师,十年前他成了县中教师,并且,功劳大大地将同是村小的妻子变成了县中的食堂墩子。现在,他终于有点关系来松城工作了,却一点都激动不起来。激动,应该像蓝河县的河水一样哗哗哗哗,生猛有力。而现在,他像被困在一大堆岩石背后。

钱柜KTV、真爱俱乐部、后宫会所,苏荷BAR……宋菌数着这些光亮的玻璃橱窗,流连踱步,他并不比那些手操扁担等待下力的人好多少。在"得意不夜城"里转了两圈,没有一个人招呼宋菌。手机也纹丝不动,没有任何来电显示。

"亲爱的,可以请我喝杯果汁吗?"一种虚弱袭上心头,宋菌不知道它从何而来,只是紧紧地握住电话,听一听电话那头比他更微弱的声音。

"我没有钱。"过了晚上九点,莫巧巧就不想出门,宿舍的大门会在十一点上锁。

"我也没有钱。"他攥着口袋里快出水的银行卡，意识到火候未到，"我想家了，你想吗？"他闭着眼睛，想象全城断电的情景。

"我还没有。"

"等会儿你就会想的。"他把银行卡放进了贴身的内包。

"为什么？"

"明天我会有钱的，明天我请你喝果汁。"

"老地方吗？"

"老地方。"

宋菌挂了电话，走到报社大楼底下，望着第四层黯然的灯光发了会儿神。那里的灯光将持续到凌晨3点才会全部熄灭。宋菌步履稳重地走了上去，记者们大多已离开。夜班编辑来来回回奔走，他们的工作才刚开始。宋菌拿出那个名流的电话，用座机拨了过去，这一次他十分平和地对留言机说明了自己的完整意图。

6

宋菌在三峡广场中心的擎天柱标志下环顾了三圈，终于发现了位于东南夹缝方位处的梨人宾馆。"三星级的,梨人宾馆二楼。"名流在电话里这样说。

　　他并不想这么快见到她。但宋菌已经坐在了名流的对面,只有憨憨地笑。

　　"我还没做好准备。"他没想到电话留言的第二天,名流就雷厉风行地做了决定,她饶有兴趣地要求能在当天下午采访。宋菌慌了神,突然结巴起来,拒绝和请求一样难。他把头埋在和电脑桌同一的高度上,然后不断地弯下去,弯下去。从侧面看,他似乎是一条往陆地上凿水井的金鱼,嘴里还咕哝着看不见的气泡。

　　"不行,明天我就要去横店。明天上午的飞机。"名流补充。

　　"这,这可真为难。"他真想不出一个好的托词。

　　电话那头笑起来,"不为难,"她的声音嗲起来,"我请你吃午饭,我们随意聊一聊。"

　　于是,他们约在一家三星级宾馆吃自助餐。考虑到吃相不雅,宋菌没有通知摄影记者。名流肯定了他的想法,"我会传给你我最新的照片的。"

　　开始名流谈的是她的童年、她的奋斗历程,她试图幽默,但宋菌总是跟不上节拍地赔笑。为了消除名流对他的误解,宋菌及时赞扬了这里的食物。然后名流又谈到了社会环境、治安一类的公共问题。几次宋菌要掏出笔记本来记录，都被名流随手递过来的一牙西瓜或一只熏鱼打断。"要用脑子。"名流想了一会儿说，"成功的人都用脑子。"宋菌只能抽空记下两三个字。他的盘子里堆满了食物，清淡和油腻搅在一起，跟他脑子里杂乱的头绪一样。他需要一支钢笔来清理现场，但他没胆量把它像筷子一样抽出来，肆无忌惮地使用。他就那么坐着，一动不动，备受煎熬，而名流已经在餐台和饭桌前往返了好几次。

她不再年轻了，却有一种漂亮的气势，让宋菌十分紧张。他一双眼睛在她身上流转，却什么都没看进去，心里怕得要命。末了，她很有条理地说："我吃好了，你呢，要不要我送你一程？"

宋菌吐了一口气，合上笔记本，"我能不能吃了再走？"他指指那盘食物。尽管有好几个问题他没问明白，他也不在乎了，反正已经完蛋了。

7

"再来杯果汁。"快餐店里灯光明亮，音乐轻松欢快，有几个小孩在近处玩滑梯。

"重新采访！"宋菌把果汁递到莫巧巧手边，心里充满怒火。

"如果没做好，只有重新做了。"莫巧巧举重若轻地说。好像她的一生都是这么走过来的。

"不是那样的。"宋菌摇头。

"就是那样的。"莫巧巧笃定地说。

"他也为难过你？"宋菌把头别到玩滑梯的几个小孩身上。

莫巧巧点头，她也看小孩。"太吵了。"她说。

"什么？"宋菌抽抽眼镜，往身后一靠，"哦，那什么，就别做了。"

莫巧巧并不看宋菌，只望着宋菌身后的空位子。

"你害怕？"

"没有。"

"你为什么不害怕？"宋菌向前一靠，发出炯炯的光芒，他太生气了。

莫巧巧一慌神，眼皮也不利索了。

"你为什么不害怕？"

"你的眼镜片脏了，我给你擦擦吧。"她说着就摘了宋菌的眼镜，摸出一张餐巾纸，擦了起来。光线放闸般突然而至地跑到宋菌的眼睛里了，他不适应地紧闭着，一种钻心的疼痛。他一点都不害怕，紧紧地闭着，直到有一点液体渗出来，他才眨巴眨巴打开视线，眼镜又回到脸上了。浑浊的河水又清澈了。

"好孩子。"他抓起莫巧巧的手，说不出多余的话来。

莫巧巧看了他一眼，又看了一眼，既不抽出手来，也不答应什么。她笑笑，完全知道自己的表情都尽在宋菌的眼里。

"太亮了。"他——宋菌把脏字吞下去，站起身来，耳边响起蓝河水的声音，哗哗哗哗。他现在要奔过去，要快要有力，要抓住来之不易的瞬间。

几个小孩突然跌了一跤，哇地哭出声音来，他们顾不上张望，对视了一眼，肇事者般逃离了现场。

8

离开宾馆后的莫巧巧回到了律师事务所。她不能做到和往常一样，冰冷的职业装也不能给她过多的掩饰。她看上去更冷了。

律师事务所的墙上写着"热情服务，顾客至上"。莫巧巧用鸡毛掸子掸了一下上面的灰。朱律师从办公桌里出来，手上拄着一只拐杖。他走路的姿势很不好看，让人心酸，脑袋像个土豆，不合比例地种在身体上。他并不喜欢坐轮椅，可以的话，他愿意多走走。莫巧巧的另一个工作就是帮他叫一辆车。当然，她不需要送他回家，她也完全不必替他做这些事，但莫巧巧还是这么做了。待人接物是实习生的必修课程，这一点上，她显得很成熟。

今天她好像忘了这样的事，她想在事务所里多待待。只要愿意，总有做不完的工作。朱律师是这么引导她的。

"我应该给你开点工资才是。"朱律师站在她身后有一会儿了。

"嗯？"莫巧巧转过头来，她的眼神天真，毫无杂念。

朱律师盯着她，饶有意味。她在这里打磨得很快，短短几个月，他不得不刮目相看。

"我应该给你点报酬。"朱律师用拐杖点了下地板，他像是对自己下命令。

她看着他，无所畏惧，也无所求。

"春天来了，去买点漂亮衣服。"

她笑笑，像一个女人对着情人，甚至还有那么一点得意。他不就是个情人吗？此刻她这样想。

"想不想和我去出庭？"她的笑，让朱律师有了思考的空隙。

"可以啊。"她的语调并不太热情。出庭，尤其是婚姻案件的出庭是绝对隐私，实习生是不能进入的。也许这是朱律师众多诱饵中的一个。"我也就这么点爱好。"在一次酒会上,他对同行大言不惭地说,甚至没有避开她。他以为她离开他不行?现在,她真的离开他了,莫巧巧想起下午干的事,那个眼袋浮肿的男人,让她终于抵制住老板的诱惑了,尽管是以这样的方式。

"你也知道我这里的条件的,我对你算不错的了。"朱律师点点头。三个月了,这女孩居然不上路,这真有些伤自尊。他有些自顾自地说话,"有什么难处尽管跟我说。"

她放下鸡毛掸子,"我还是给你叫车吧。"她说。现在莫巧巧不觉得什么是难的。她搀扶着朱律师到路边。天还未黑,公司里就他俩,他们完全可以去吃一顿什么,就像他时常邀请她的那样,然后再听他说上一两段男男女女的事。而她,不是也有了可供对话的资本了吗?她可以比以前更加轻蔑地吃这顿饭。几辆出租车擦过身边,里面都坐着人。这个时间段里出租车是很不好打的,他们必须要耐心等待。不一会儿街道就空落了,对面的榕树下隐隐有几个走着的人,一切都毫无特色。如果这时朱律师说一个笑话,她一定会哈哈大笑,笑出泪来。可是没有。她就这么静静地等待出租车,情绪低落到极点。她也不想给那个大眼袋男人打电话,可是工作还是要做,她想赌一赌,他是否真的熬得过,她自己能不能熬得过。但朱律师没有邀请,那颗土豆脑瓜子上的两个黑珠子比什么时候都转得精明,他没发出这样的邀请,直到一辆显示空车的出租车在他们面前停下,他也只是满腹心思地望了下莫巧巧,扬尘而去。

大街又空落了,莫巧巧不是滋味地站在门口,一阵心酸涌上心头。她没有打败他,这个土豆脑袋,连平手都不算。

9

日子平静得可怕。

高高的天花板上,高脚蚊子静伏不动,所有的物体都像标本一样,死了,徒有其表。室外的阳光光芒万丈,可是这些和他有什么关系。他不需要和莫巧巧见面,他为什么要和莫巧巧见面?

名流的电话要么不通,要么就是秘书接下的。"她会跟你联系的。"对方总是这么说。头头过问过两次,时间拖得太久了。最主要的是,这是个打翻身仗的任务,他必须要有所交代。一连几天宋菌在中兴路转悠,希望找到重新采访的勇气,却一无所获。三个星期后,他才意识到莫巧巧很久没跟他干了。他像无意间摸到密码一样,心里震了一下。

她的问答整理得很好,一丝不苟,他前几天都直接复制粘贴用了，完全不用操心。邮箱那头，好像不是某个人，而是一台自动问答机，流水线操作。是呀，他怎么就忽略了她呢？她的淡定让他升出一股不悦。他现在想起了，而且至关重要。宋菌一跃而起，这寂静的房子，要做点什么了！

　　阳光很刺眼，宋菌摘掉眼镜，这样他觉得光线没那么暴力了。在模糊的人群和树影里穿行，让他觉得充满了盲目的自信。他甚至还哼起了小调，一种踌躇满志的感觉袭上心来。他在三十三路车站旁的一个IC电话亭里给莫巧巧挂了电话，强大的噪音让他几乎听不清自己在说什么。"你听清楚了吗？嗯，听清楚了吗？"他更像是说给自己听。

　　她应该会来的。尽管他不确定莫巧巧那头的回复，还是去订下了一个酒店。这是中央商务区的一个酒店，价格不菲，闹中取静，能俯瞰整个CBD的繁华。蜿蜒的中兴路被中国银行的群楼遮挡，"得意不夜城"的招牌尽管在白天显得上气不接下气，但它鲜活的夜间景象还是不设防地跳进了宋菌的脑海里。

　　"这里的景观是很好的，尤其是夜晚。"服务员用标准的普通话介绍，眼神一刻也没放过宋菌。宋菌被盯得不好意思，表演似的从口袋里抽出几张百元大钞，要给预付款。宋菌心疼了一下，这笔钱应该是邮寄回蓝河县的，蓝河水像一艘筏子飘过宋菌的脑海。他看着服务员的笔,直到她递给他一张单子,他的脚步都还是有些迈不动。就这么定了,他强迫自己打起精神来,堡垒是需要一个一个攻克的。现在他把单子和笔记本同时放在床头柜上,暖色的灯光泻下来,他有些晕乎乎的,想着是不是先睡上一觉,反正时间还早。但不知为何,他却努力克制这种想睡着的感觉,笔记本上那几个稀疏的字,好像那里藏着某个密码,他不得其解,嘿嘿笑了起来,眼皮却更加沉重。

4点10分,他取下A货的欧米茄表,决定今天不去单位了。

窗外看不见树枝,俯瞰下去,密密麻麻的人头在做无序运动,那里有丰富的颜色和细节,但宋菌看不进去。他脱掉全部衣服,一丝不挂地躺到床上去,这是一张柔软的皮床,适合做爱。

"你来!"他对空空的四壁发出命令。

"你来!"他取下黑框眼镜,又轻声地命令道。

他有些困了,像被倒悬着,时间还过得很慢。不知为什么,一阵荒凉涌上心头,这么高,他想,鼻腔里竟然发出呜呜的声音,像蓝河县的风吹过蓝河,冬天,那里的冰窟窿就发出这样的声音。

"你来!"他冲着空房间大叫一声,难掩失控的情绪。

砰!砰!门房被猛敲了两下。

宋菌愣了下,像凭空被射中了两颗子弹,失神地站在原地。两秒钟,他回过神来,忐忑地光着脚去开门。

莫巧巧站在光线的阴影里,侧身进来,轻声地掩过门去。她什么话都没说,像只小老鼠快速擦过宋菌身边,熟视无睹地走到靠窗的椅子边,坐下来,安静地,审视地,轻轻地,好像她一下午都坐在那儿一样。时间从她身上流过,停止了。

"你来不来?"她对着黑暗里相距两米的男人铿锵有力地说。

芭蕾教师

1

他的大腿粗壮。仅仅是大腿,从膝关节开始,小腿又迅速地瘦了下去。其实腰部以上,他都比较瘦、紧,且有线条,拥有一个专业舞蹈演员的基本素质。但是大腿似乎出了错,多年以前,别人就说他是败在了这条大腿上,是它终止了他的舞蹈生涯,连他自己也时不时这么认为起来。十几年过去了,他竟然以这不堪的专业为生计。

他坚持每堂课都穿黑色紧身衣来。

他走路的姿势也不好看。黑色的芭蕾舞鞋,使他的脚显得不合比例的小。他努力地控制自己的平衡,不至于跌跌撞撞。于是,就有些扭捏了。这种扭捏一点都不美,倒像一个人生失败的姿态。

他从没意识到这点,他努力铭记自己的身份,一个严格的老师,在人群中指点江山。他其实是有一点害羞的,有好几次,他有意识地拉拉他的黑色紧身上衣，尽量让它遮挡两腿间的突起之物。那曲线是很明显的，就算调整呼吸，尽力缩小，那里还是有一个曲线，让人觉得热乎乎的，像蒸笼里待售的包子。那里确实是热乎乎的，他自己都感到了那种热度和潮湿。

于是，他背转过身去，在紧身上衣往上缩的当儿，他的声音猛然变得粗犷起来，像个军人一样发出了口号："一二三四，二二三四，三二三四……"

这个城市似乎是一夜之间对舞蹈狂热起来的。大大小小的培训班、健身房、会所，有资质没资质的，都闻风而动开始了舞蹈健身课。据说，这是一个城市文明化程度的表征之一。有长达半年的时间，各个电视台推出舞蹈秀娱乐节目，海选、精选、PK，拉丁、华尔兹、爵士……毫无基础的人，只要跟着专业老师学上几招，你就会变成活力四射的人。至少在那些露天屏幕里是这样演的。

来上他课的人不算太多，但都比较固定。他并不觉得成年人学习芭蕾舞有什么好处，无论是形态还是神韵，都不能在他们的生命里留下痕迹。

只有在课程结束后，他才会留意到，她们中年龄最小的也应该比他大，最大的看看身材，也就知道了，奔着闭经期去了。女人们对他很热情，不是因为他帅，而是觉得他很严肃。

严肃的年轻老师，总让成年女人无故生出些母爱。这种母爱是孩子气的。她们蜂拥上去，询问一些拉伸事宜，都是一些平常之极的问话，甚至还有些自话自说，但就是克制不住那股热烈劲。也有几个有姿色的，身材也有几个看得过去的。这些女人都很积极，拉丁、肚皮舞，什么都参加，只要是舞蹈，她们都不遗余力地去学习。她们中间也有有工作的，但工作不是太忙，所以总有很多时间泡在这里。

于是他捉住了其中一个女人的身体，引导，指挥。他一点都不笑，他想这样的话，她们就看不出他的真实年纪了。

2

为了这种距离，他颇费周折。他蓄了长长的胡须，末端还带着弯曲儿，头发也是长的，末端也带着弯曲儿，有点愤青派头，可是他就是一个舞蹈老师。这样的行装就有些滑稽。他就这样在人群里踱步，左转头，右转头，整个身体保持着芭蕾的矜持，可在别人看来倒像一只山羊，傻头傻脑的黑山羊，在嶙峋的岩石丛林中，既不知进，也不懂退。

他不像其他舞蹈老师，整堂课都会和学员们一起做动作，他通常是示范几下，就喊起了口令，就像教少儿芭蕾那样。有时,他甚至连音乐都不放,枯燥的动作,空气异常烦闷,不少人抬起头来看房间正上方的时钟,神情倦怠。他坚持己见,不做妥协,口令一声比一声大,直到发现一些目光落在自己的两腿之间,他才有一点不适。他拉拉自己的衣襟,遮挡视线焦点所在。等再过了一两分钟,按下了音乐的播放键。

他知道自己的芭蕾跳得不怎么样,但那又有什么关系,反正他也不觉得芭蕾有什么好,如果让他在做男人和做芭蕾舞演员之间选择,他宁愿选择前者。

一个正常的人,一个男人。

3

他到现在都记得八岁被选入学校舞蹈队的光景,考核的老师赞他体形好。那时的"体形好",其实很简单,在同龄孩子中,个子要高,要瘦,所以选得很仓促也很草率。很快他就被安排去学习芭蕾,他一点意识都没有,混混沌沌的,劈腿、下腰、踮足尖。在舞蹈队里,安排他的角色都是绿叶,刚开始的兴奋感渐渐消失。很快,他开始跟家里抱怨,说自己变得像个女生,被小伙伴嘲笑。他的父母也不懂得引导,只知道,技多不压人,劝他好好学,他就越来越抵触,索性逃课了。直到有一天,父母问他:"是不是发了新的校舞蹈服?"他才茫然。小队员说:"当然啊,我们都领了好几天了。"他赶紧去舞蹈队问,才被告知,他因长期不参加训练,没有资格。这真是晴天霹雳,他从来没想过舞蹈队会用这样的方式惩罚他。

这样,他断断续续地学芭蕾,两天打鱼三天晒网。老师也不顾他,甚至是逃课也懒得管他。有时,他一身臭汗地跑进来,发现已经错过某个段落了,老师还会安慰说,反正也不是主角,不需要下苦功。

他没有再下苦功,因为此后舞蹈队也没有发过新的舞蹈服。快到中考的时候,他的几个队员因为芭蕾的原因,加了艺术分,而他在这上面一点好处都没捞到。他们在不同的中学里开始了不同的人生。芭蕾,他就彻底地放弃了。

4

他清瘦的身材似乎是从放弃芭蕾后开始发生变化的。

他不再长个头,座位从最后一排开始逐渐往前移,然后坐在了第二排,一直到高三,他的座位就这么固定了下来。他也会去踢足球,但总是跑不快,不是被别人撵上抢了球,就是被一脚踢翻在地,疼得他捂住膝盖直叫唤。只有在技巧性的体育活动上，他能占上风，比如双杠、单杠，但这些活动仅仅限于体育课。男孩子的集体活动里，都是力量和速度型的，都不怎么叫他，去了也不受待见。他孤单地落在边上，讨好地帮别人守衣服，鲜有上场。

都是你们害了我！他怒火冲冲。他隐隐觉得今天一切的不幸都是因为学习芭蕾造成的。可又具体说不出是什么。他不喜欢那些学习芭蕾的男孩子那种清高和不屑的样子，那不是真正的男人，他觉得。他也不希望别人这么看他。

好歹看了几年的衣服，男孩子们忘记了他的过去，终于接纳了他，于是一起摸鱼，逃学，打电玩……他没有好好念书，也不喜欢念书，那些年，他的父母好像终于看清了自己孩子的本质，放弃了曾经的伟大梦想，他们顺其自然，就着他这么混过了青春期。好好坏坏地上了个地方大学，学的也是个不知所云的专业。他好像要立志成为一个普通人，或者叫正常人，正常的男人。然而，一毕业，他就强烈地感觉到作为一个普通人的难处了。

工作自然不好找，他又没有特殊的本领。

年岁又见长，酷热的夏季里，他躺在单人床上，很有点回首往昔的感觉。簟席依然很热，密匝结实，像他已经走过的二十几年，看上去什么都经历了，却一点都想不起来有什么故事。他的手指触摸着那些条纹,希望找到一些不一样的东西,可是没有,这一片与那一片,没有什么不同,就像他和他的小伙伴,他终于和他们有着共同的经历、共同的爱好,现在面临共同的难题——求职。他翻转个身,仰面长叹,很想知道自己有什么特异禀赋,或者是有什么被他错过了。

父亲在客厅里说:"一天都睡觉,睡觉就睡得出钱来吗?"他也懒得争论。

"你看某某进了国税局。"

"那是有关系的。"他听见母亲为他辩解的声音。

他又翻了一个身。往昔的小伙伴都长成了大人,那个时候有谁找了一个好单位,或者有一份事业上的荣耀,都会被看作"走得快的人"。他模模糊糊听说有曾经舞蹈队的同学出了国,像是拿了奖。他一开始惊讶,然后记忆就全都活了过来。他和母亲在一块吃饭的时候,就有了点理直气壮的口气,"那时候你们不逼着我练练,说不定拿奖的就是我了。"母亲说:"是你自己不练的。"

他说:"小孩子懂什么,你们根本就不懂教育。唉,"他又叹了一口气,说,"我最好的时光都被你们错过了。"

说归说,但他心里有了一点侥幸。这侥幸,让他的耳目也灵光起来。原来,这个城市里,学舞蹈渐成一股风气,尤其是电视里风起云涌的舞蹈娱乐节目，极大刺激了本城的健身事业。大街上发传单的总是挤眉弄眼地说"拉丁、瑜伽、肚皮舞"，时髦女人们就会驻足下来，问上两句。说不出什么名的舞蹈就叫"有氧舞蹈""活力舞蹈"。他成天在招聘会场上转，也在网络上投了不少简历，都石沉大海。虽然让人气馁，但也练就了他见缝插针的本领。这时，他凑上去看两眼，问两句，然后接了传单，按图索骥地去应聘。

5

虽然很多年没碰过舞蹈了，可毕竟是童子功，一些基本的姿势说来就来了，面试他的人毫不犹豫地给他下了单，希望定下时间来上课。他没想到这么容易就给聘上了，这个新兴的热门行业显然也没做好太多的准备，舞蹈老师流动性大，你方唱罢我登场，培训中心也没对他们有太多的约束。

最开始他教的是小孩子，很快找到了感觉，中途又换了几个东家，他胆子也渐渐大了，提出要给成年人教芭蕾。这种想法并不是凭空冒出来的，他看到那些来学拉丁的成年女人，一点基础都没有，却兴致盎然，随便教她们点什么都觉得如获至宝。

成年芭蕾的生意一开始并不好做，于是他建议换个名字，叫"形体训练"，其实都是芭蕾的一些初级知识。这一招果然很管用，切中了女人的软肋，来报名的女人们眼睛里闪烁着火花，仿佛练了这些课之后，马上就变成世界上最有魅力的女人了。

　　一些女学员很把培训当回事，认真地买了芭蕾服装和芭蕾鞋。有的不太自信，就买了常规的健身服。还有一些，对服装也没什么讲究，随便穿了运动服就来了。还有的人，甚至穿着牛仔裤或毛衣。不管穿什么，她们都很认真地练习：这些非专业的装扮，多少可以掩饰她们的笨拙。遇到学不会、跟不上的时候，她们就适时地停下来，那派头跟办公室里的倔强女郎差不多，有几分挑衅和不买账。那时候，他能感觉到她们质疑和挑剔的眼神，审视他的形体，他的曲线。

　　他是不能接受这样的眼光的。于是他会走到学员中去指点姿势，但是他的态度很保守。

　　"收紧臀部！"有一次他大声地对一个身材匀称的学员说，并且用食指戳了戳她的屁股，以确保她是否动作到位。他确实是一个认真的老师，但是这个小动作立即在中场休息的时候引起了学员们的哄笑。

　　"他还很害羞呢。"

"吃豆腐都没胆子。"

他看见女学员们一边谈笑一边朝他张望。他的脸绷得更紧了,绕到另外一个正在练习压腿的学员身边,厉声说:"再下去点,再下去。"直到那学员撒娇地告饶。他拍拍手,表示中场休息结束。

他当然是男人,这一点他很清楚,不过是一直在克制一个男人正常的生理反应。这是礼貌,也是职业道德。但是她们竟然拿这种事情取笑,太无耻了。于是他起了一点小小的恶作剧的念头。他加大了拉伸韧带的难度,延长了拉伸的时间。其实这些动作一点用都没有。他觉得在所有成年人舞蹈培训中,最没用的就是芭蕾了,广告中鼓吹芭蕾健身、芭蕾减肥的例子也就只能骗骗女人。

"女人过了二十五岁,骨骼就停止生长了,所以要想改变体内环境,就要多练习韧带。"他断章取义组合自己的悖论,反正学员们都相信他的话,而他自己是不会拉伸的,他煽动地说:"我在南区的一些学员,有一个都四十三岁了,还能劈腿到鼻子尖,所以你们是有希望的。"他转到人群中,严厉地,一板一眼地,随后猛然转过头,逮住一个偷懒的学员,说,"我还没喊停呢。"那学员叽哇地乱叫起来。

那一刻他觉得自己报了一箭之仇。

半年后,他才告诉家里,他在舞蹈培训班里谋了差事,轻描淡写的,又小心翼翼。他是在中午饭快吃完的当儿说的,这样就免去了父母大惊小怪的唠叨——他马上就要出门。

有时,他也会去健身房客串一下,这里的气氛稍微正常些,大多数人抱着增强体质的目的而来。但是在健身房里,他没有什么朋友。他的身材不匀称,无论是从舞蹈的角度上看,还是一个健康男人的立场上看,都有太多的欠缺。"一号"健身房有个教练,胸阔背厚,浑身都是肌肉,真正的美男子,尤为突出的是三块小腹肌,非常漂亮。他们有聊过,他流露出羡慕的神情,健身教练说,我给你指导指导,你也能练成这种效果的。健身教练简单地开了个单子,他一看那强度和时间,就打退堂鼓了。"我就大腿还行。"他拍拍自己的大腿。健身教练笑而不语,用力拍拍他的胸和背,他趔趄了一下。

他又补充说:"练练倒没什么,只是真练成这样了,就怕跳不起芭蕾了。"他给自己找了个台阶。

6

他在"瓦岗"会所里做到第二年的时候,来了个身材非常丰满的女学员。她穿着高腰背心、紧身长裤,曲线玲珑,几乎他的每堂课她都参加，而且每次都站在第一排。她穿的衣服也非常性感，乳沟深且长，两个乳房几乎露了一半，像随时要掉下来一样。他在心里给她取了个绰号：半球小姐。

几节课下来之后，她就问他收不收一对一授课学生。之前也有学员这样问他，不过他从来没有收。他觉得以"半球小姐"的资质跳拉丁更合适。

"你之前都参加过什么一对一私教？"他问她。

"很多。我想知道你的价。你知道，开成年芭蕾的并不多。"

他没有回答她，但是课堂上，关注她的时候明显多了。她每次都很欢快，两个乳房活蹦乱跳，像她的第二双眼睛，迫不及待地要和他对视。课后，她还主动要求他帮她压腿。她落落大方的样子，让人欣然接受。

为了避嫌，他让她坐到表演台上。他在地毯上铺了一张软垫，她匍匐其上，大腿晃动起来，她的手指着内侧说："就是这里痛。"他果真像个医生一样，按住了她的大腿内侧，另一手放在她的腰部上。她浑身都是肉，跟看上去的结果一样。她也穿着紧身衣。很快她就笑起来，大概是把她什么地方弄痒了，她翻过身来，仰面躺着，看着天花板，很享受的样子。现在，他的全部视线无可回避地落在了那两块开诚布公的乳房上，因为平躺，它们已经流向了两侧，似乎是要碰着他的腿了。原来他的身高刚刚好。

他还在说着教条的话，比如平时应该吃些什么，怎样避免肌肉拉伤。他的小胡子微微翘了下，成了一个带钩的小弯，那些储蓄着的汗水，立马下坠。他感觉到了，把下巴仰了仰。几乎是同时，他感到两腿之间似乎碰到了什么，不比他那阿物更坚硬。他手上的动作慢了下来，"半球小姐"依旧笑着，有一下没一下地撩着他的大腿，很无意，很无知的。他的臀部微微向后翘了翘。

"还真是热。"他说。

"半球小姐"突然就坐了起来，头发有点凌乱。"你的手艺很好。"他听见她说，眼神活泼欢快，"我以后要经常骚扰你。"她开了一句玩笑，天真的，烂漫的，无所忌讳的。他以为她要继续要他的电话什么的，但她拍了拍屁股说："我们去那边压一压。"就连哄带骗地把他叫到了横杠边。

"好，就这样。"她指挥着两人间的距离。她要他的手扶住她的腿。她挺起了胸，现在他看不见她的胸了，他只是机械地扶着她的腿，任凭她前一甩，后一甩，再一甩，要达到某个高度。这次，他没有再扶住她的腰，因为他看见一些佯装照镜子、整理衣服的学员们，正在有一茬没一茬地往他们两人这边看。他们是不是做得有些过了？他的脸有些不自然起来，下意识的，他又拉拉自己的衣襟。

"你干吗总是扯衣服？"他听见她干脆地问。他一惊，显然没有准备好这个问题的答案。接着她又说，"我自己就是这样练习，然后拉伤了。"她全然不顾他猝不及防的样子，努力甩着腿。"你能听见我说话吗？"她又转过头来问，可他再也没有和她聊天的兴致。他干巴巴地站在那里，他的手随着她的腿起伏，但是几乎没有靠上，悬在空中。他看了看时钟，原来他结束课程已经十五分钟了。

"就这样练。"他说着，然后去了男更衣室。

7

能够来"瓦岗"的，应该不是特别年轻的女人了，这是由消费水平决定的。他对那些身材不错的女学员还是有所青睐的。但是他从不表露什么，她们实在太热情了。他曾和其中的一两个吃过饭，仅仅是吃饭，东拉西扯了一番彼此的生活际遇，之后没有了下文。他有时也会猜测她们的职业或家庭，很快就放弃了和她们交朋友的愿望。他也不像有的男教练，借着交朋友的幌子到处收私教服务，那样的话收入更高。他想他应该成为一个网络管理人员，或者其他技术工作者。他不太像一个艺术工作者。课堂上再见到她们，聊的仍然是芭蕾或营养健身什么的。他们的话题，一旦超出这个范畴，就会变得乏味。

他怀着这样的常识，对"半球小姐"做了判断，于是后来的几次，他对她就有些躲闪。"半球小姐"倒是一如既往地欢快，甩着两个大胸走到他面前，"哎哟，昨天又拉伤了。"或者是，"人老了，好多都做不来的。"她说自己老的时候，一脸的娇嗔，好像就是因为他的冷落，才让她花容褪色的。她的脸也肉乎乎的，让人想捏一捏。于是，他又情不自禁地拉拉自己的衣襟。他突然想起不该做这个动作。

于是问人群里："有谁需要帮助？"

"这里！"有人举了手。他训练有素地走过去，开始了辅助练习。他做得很卖力，看上去整个人都伏上去了一样。下面的人喊痛，他在上面说："坚持一下，坚持一下。"旁边的人看着偷笑。

"有谁还需要帮助？"他大汗淋漓地问，胡子都翘起来了。举手的人多了起来，"这里！这里！"她们叫起来，像是一个玩笑。女学员们互相递眼色，今天芭蕾舞老师肯定是遇上什么高兴事了，这么容易接近的，尽管他说的话四平八稳，并不诱人。为了让他更富魅力一些，一些年老的女学员告诉他某个会所的行情，用一种体己和老于世故的态度，并暗示他生活可以更好些。她们也有一些朋友是那里的 VIP 会员,如果他想去,可以帮他说话。

"我们可以推荐你的。这样你可以要个好点的价钱。"某女学员眨眨眼,肆无忌惮地上下打量起他来。

如果他识趣的话,应该顺着别人的话说,然后要个电话什么的,私下联系。但是他既没这方面的心思,也没有回绝人的愉悦技巧,他摸摸自己的长头发,直愣愣地说:"那还不累得我?"

8

这天,他照例去"瓦岗"上课,服务台递给了他一封信。他没有诧异,现在女学员们总是喜欢给他一些请柬,红白喜事、出国宴、生日宴,都要邀请他。但他从来都不去。她们似乎也很理解,送请柬似乎仅仅是告知他,你的某个学员生活有了变化。

他打开来,还没看完,脸就变了。他揉成一团,捏在手里。服务员见他表情奇怪,问:"什么好事,乐成这样?"他板着的脸有几分狰狞。

"谁给的?"

"不清楚，就放在这里的，写着你的名字，我们就转给你了。"

他不相信地看着两个工作人员。她们也望着他，想知道发生了什么事情。"瓦岗"里来来往往的人，洋溢着等待他的喜悦。然后他看见"半球小姐"眉飞色舞地在学员中说笑。

他把揉皱的信用一只手展开，大拇指几乎在抠上面的字：

"不要再扯你的衣襟了，永远都不会'起来'的人！"

信被他戳破了一个口子，他什么都没说，沉默地走向男更衣室，一到更衣室，他就想算了，今天没心情上课了。可是坐了一会儿，他还是习惯性地穿上了黑色紧身衣，习惯性地在镜子里看看他的曲线。他的曲线真还不怎么好，阿物如此突出。他阴沉着一张脸，走上表演台。所有的学员都望着他，因为，今天的他有些不一样，目光尖利。他压抑着怒火，刻板地上完了课。

结束后，不知怎的，他走到"半球小姐"旁边，几乎是挑衅地猛拉了下自己的衣襟，遮住两腿突起处。这个动作幅度太大，又突兀，不仅"半球小姐"，其他女学员也都奇怪地看着他。

"'假日'那边正在挖人。"他盯着她说。

"半球小姐"眼睛一亮，"他们找你了？"

"他们的条件不错。"他观察她。

"半球小姐"眼神有些闪烁，猛地拍了他一掌，"你可不要跳槽啊，我们都舍不得你。不过，你真要走了，记得请我们吃饭。"最后这一句声音太大，一些学员都拥过来，仿佛他真的要离开"瓦岗"了一样。他看见每个人的表情都差不多，紧张，惊奇，事无巨细地打听，而且还把她们曾经知道的情况贡献出来。他被簇拥其间，她们的视线没有停留在让他不适的地方，完全是眼睛与眼睛的交流。她们原来都是关心他的，他几乎要排除这群学员的嫌疑了。

第二天，他又收到服务台给他的一封信，"不要再扯你的衣襟了，细若无物。没人注意它。"他熄灭的怒火又被挑起。

"什么意思！"他大嚷了一句。

服务员惊惧地望着他，"写什么了？"他觉得这群女人真是无聊，"无聊！"他又大嚷了一句。

他换好衣服，站在表演台上，下定决心要找出始作俑者。但每天来上课的总有些不一样的人，有三分之一的流动程度，写匿名信的，虽说就在其间，可也很难找。

他突然冒出一个想法。

做竖直半倒立时，要求臀部夹紧，腿部尽力绷直。他照例在人群里检查动作，口令也比往常温柔了。突然，周围静了下来，只听得"啪啪"两声，干脆有力的巴掌落在了谁的屁股上。

"半球小姐"哎哟地叫了起来,竖直的腿眼看就要落地。他又趁热打铁,猛抽了她屁股两下,"叫什么叫!"他凶道,"这点苦都吃不得!"他像训孩子一样毫不留情,旋即,自鸣得意地朝台上走去。没有被打屁股的,立马把自己绷得紧紧的。他看着镜子里的女人,想,贱货,不就是想打屁股吗?打得你跳!

9

信还是隔三岔五地来。他劝诫自己要有耐心,对垒才刚刚开始,反正,你来一封信,我就打一个女人的屁股。打女人的屁股。他很为自己的这个对策高兴。如果他能给这个人一点亲密的暗示,这件事情就会立刻停止,当然,他就知道是谁在捣鬼。

有时候,女学员肉轻,一巴掌下去,人就跳起来,甩手不练了。他就恶狠狠地说:"黄荆棍下出好人!知不知道?"这是小时候他常听老人说的一句话,专门对付那些调皮捣蛋的孩子。

有新来的女学员不买账,说他下手太重,根本就是粗暴体罚。

很快,他又收到一封信,说他打屁股是性压抑的体现。服务台把信递给他的时候,距离第一封信快三周了。她们说:"嗨,什么时代了,还写信。把你的手机号留给学员吧。"她们嘲笑他。

他感到了绝望。他要调整作战计划,每节课只打一个屁股,周期太长,他改为每节课挑两个女学员攻克。在他帮她们做身体拉伸的时候,稍有不完美,巴掌就肆无忌惮地落下来。

"姿势!姿势!"他一边打一边严厉地教训!

被打过的女学员不允许他跟没事人似的,趁机对他开起了半荤不素的玩笑,那种亲密,比满屋充塞的汗味还要黏稠。如果有时他佯装不解,不想继续这些话题,她们还会群起而挑逗:"你不会连这都不懂吧?要不,打你两下屁股,你什么都知道了。"他真想一脚朝她们踢去。

一个多月过去了,打女人的屁股非但没有一点进展,反而情形对他更加不利。他不知道是哪里出了问题,下手一次比一次重,打得手都红肿起来,痛,爆裂的痛。下课后,他要在男更衣室里用凉水冲上整整五分钟,那些水,让他的手掌变了形,变成两瓣,两瓣变四瓣,四瓣变八瓣,开出了无数个屁股模样的水泡。他有些怕了,抽回自己的手,怜惜也不是,憎恨也不是,他呆呆地立在水池边,感到没有比这件事更让他耻辱的了。

匿名信,被有条不紊地收集起来,有十几封了,全放在床底。他请了两天假,没有去"瓦岗",那些信让他倍感烦恼。如果不去上班了,这件事就自然画上了句号,可是,现在不去就等于是输了。他想起那里的空气、那里的空调,还有服务员总是一副无辜的表情。窗户边的假树、假藤条……细细想来,那空空的练功房里还有这么些拉杂陈设,真是不经想啊。最后他终于想到芭蕾,那颗幼年时的毒瘤,枝枝蔓蔓,顽疾般隐藏行踪,直到今天,开了花结了果。

刹那间,他顿悟到了这个毒瘤。从一件失去的舞蹈服装,到无法控制生长的大腿,到现在,接二连三的羞辱……他怎么就阴差阳错捡起这个他已经抛弃了的旧物?他反锁上门,换上芭蕾舞服装,这种锦纶制作的服装,有一种游泳衣的感觉,还是女式的游泳衣。

他就这样站在镜子前,想象着那些女学员是怎么偷看他的私处。学员那么多,他能捕捉的眼神实在有限。

他把信从床底掏出来,齐整地摆在地上,按照舞蹈课的队形摆放。"这些女人!"他骂道,并且陷入了一场恍惚的思索中。小时候,碰到两军抓叛徒的游戏,都会用水枪射击做记号。寻找者从背后开枪,心里有鬼的,就在那个时候露了原形。于是大家群起而扫射,双方相战,气势磅礴。而这样一把好水枪,关键在于推拉柄,既要压力大,又要速度快,每一个没被射到的人都欢呼雀跃。水枪,终是没有杀伤力的,后来不知谁先发明了在水枪里灌辣椒,这种暗器很快得到普及。他记得有一次,辣椒水射到了他的眼睛,那种灼热和疼痛让他泪流如河。

其实,他的眼泪很少,可是他闭上眼睛,都觉得眼睛里流出了红汤。他号啕,不停的,并且他相信自己看见了如瀑布一样凶猛的辣椒水挂在面前,从他眼睛里一泻如注。他整个人都沐浴在气势磅礴的水涛声中。这种感觉他记忆深刻,在他刚参加完中考,决定和芭蕾划清界限的一个清晨,他也有过这样的体会。现在,他只需要闭上眼睛,就可以回到十三岁的少年时代,敌人就在正前方,他要每一颗子弹消灭一个敌人。

一个星期后,他恢复了常态,决定用理智回复这段时间的诽谤。他把匿名信放在盒子里,决定第二天上课的时候,要公开、坦诚地讲述这起诽谤事件。他甚至想好了说辞:"今天我要给大家宣布一件毁坏我名誉的事情……怎样做人,怎样做女人,这个道理不需要我来讲……我希望她还我一个清白,我等着她承认错误……我完全可以运用法律手段,但是考虑到不堪设想的后果,我决定给她最后一次机会……"

为了这段合适的表演,他决定迟到十分钟。在大家不耐烦的期待下,这枚炸弹才会有威力。

但是,他刚一跨进"瓦岗",服务台就递给他一封信。上面赫然写着:"以为你打屁股就能打出我是谁来了吗?"他没拿稳那张纸,纸飘了起来,飘到空调窗的时候,发出哗啦啦的声音。纸是牛皮纸,旋即往下沉,很快,发出了"吱呀"的声音。那是服务台前的一块地,没有铺地毯,瓷砖擦得光洁亮堂。他看见那张牛皮纸欢快地在地上刮着,摩擦着,那种节奏感,充满了肉欲的气息。